第一章　桜の季節（とき）

1

本日、何度目かの「ごめんなさい」を聞き、大塚春乃は大きな溜息をついた。昼休みに二人、放課後に三人断られている。

今日だけではない。昨日も四人に断られたし、一昨日も五人に断られた。仲の良い友達はもちろん、中にはあまり言葉を交わしたことのないクラスメイトもいる。

同級生を諦めて一学年下の後輩、勇気を振り絞って一学年上の先輩にも声を掛けたのだが、結果は見事に玉砕。今では若干心も折れかけている。

春乃は二階の廊下をとぼとぼと歩きつつ、ふと窓の外を見た。グラウンドでは野球部が早くもランニングを開始し、準備をしているテニス部の華やかな声がここまで届く。

世の中は不平等である。人気のある部活はさらに人気を呼び、不人気なものはさらなる不人気に陥る。すでに半ば散って葉桜となった桜並木を見下ろしながら、春乃はまた深い溜息をついた。

「春乃！　誰かいた？」

背後からの声に春乃は振り返った。そこに立っていたのは教室から半身を乗り出した桐野渚だった。渚は最も仲の良い友達で、登下校を共にしている。

「ううん。全然だめ」

「そうかあ。やっぱり経験者じゃないと無理かもよ」

渚は廊下に出てこちらに向かって来る。

「一個下の彩音ちゃんは、小学校の頃に少ししたことがあるけど、人前はちょっとって」

「一条先輩は？」

一学年上の一条先輩が経験者であると聞いたのは、一昨日の昼休みだった。昨日、今度こそいけるかもしれない、そう渚に揚々と話していたのだ。

「駄目。バレー部が忙しくて、遊んでいる暇ないって」

高校三年生は大抵夏で部活を引退する。それが最後の試合となるため、熱が入るのは当然と言えば当然だった。だが釈然としない思いもある。

――こっちだって遊びな訳じゃない。

と、いうことである。

運動部の中に文化部を見下す者がいるのは、今に始まったことではないだろう。世間にも運動部こそ、その中でも有名競技こそ、花形であるという風潮もまだ少なからずある。現に同じ球技という括りでも、野球などは甲子園の全試合を生中継するのに、バスケットボールやバレーボールは深夜枠でひっそりと放映される。それすらまだましというもので、テレビに一切映らない競技は沢山あるだろう。

青春は等しく美しいなどと大人は口では言うけれど、平等に扱っていないのもその大人である。それが脈々と受け継がれ、春乃たちの世代の意識の中にも浸透しているのだろう。

「えー、じゃあ本当に私？」

渚は大きな声を上げ、廊下の離れたところにいる生徒も振り返っている。

「かもね」

「無理、無理。私は桜と梅の区別もつかないし」

渚は苦笑して顔を横に振った。

「まだ時間はあるから何とかなるって」

春乃は「華道同好会」唯一の会員である。昨年入学と同時に同好会設立の申請をして認められたのだが、一年経ってまだ会員は春乃一人であった。

今、春乃が探しているのは同好会に入ってくれる人ではない。もちろん、入ってくれれば嬉しいが、この一夏だけでも手伝ってくれる人でいいのだ。

「鼻息バトルだっけ？」

「何、そのいかつい名前。わざとでしょ。花いけバトル」

全国高校生花いけバトル。春乃が参加しようとしている大会の名前である。流派、所属、部活動などすべての枠を超え、高校生なら誰でも参加出来る花いけ、いわゆる華道の大会であった。

この大会のルールは少々変わっている。ステージに上がり、観客が見ている前で花をいけなければならない。制限時間は僅か5分。その間に花器に花をいける。

バトルと言うからには相手もいる。そして5分終了の後、三名の審査員、観客全員にどちらが良いかを判断してもらい、勝者が決まるというものだった。

その時、作品の出来栄えは当然ながら、花をいける所作も審査対象となり、静かに、可憐に花をいける者もいれば、花を指で回転させて突き刺すようにいける者もいる。過去にはその場で木を鋸で挽き切るパフォーマンスをして見せ、大いに会場を沸かせた参加者もあった。ようはいかなる手段であっても審査員、観客共に魅了した者が勝者となるのである。

この大会の地区予選が六月から全国九箇所で始まり、トーナメントを勝ち抜いた者のみが八月に開かれる全国大会に駒を進めることが出来る。全国大会の開催地は、高校球児にとっての甲子園ともいうべき、香川県高松市の栗林公園となっていた。

「あ、今気付いたんだけど、あらかじめ春乃に作って貰って、私がそれを真似れば大丈夫か」

渚は妙案を思いついたとばかりに、ぽんと手を叩いた。

「それは駄目なの。花器も、使える花もその日までわからない」

地区予選ではあらかじめ数種類の花器を提示され、その中から当日どれかを使うというところまでしか知ることは出来ないのだ。

「じゃあ、もう春乃一人で出ちゃいなよ。春乃なら一人でも大丈夫だって」

「それも駄目。必ず二人一組ってね」

この大会の最大の特徴ともいうべきルールがこれである。一人ずつ対戦して二人の得票数の合算で争う個人戦、二人で一つの作品を作り上げて争う団体戦と、それぞれルールは異なるが、ともかく必ず二人一組のチームで参加しなければならない。だからこそ春乃はこんなにも苦労して、パートナーを求めているのである。

参加申し込みの期限は来月に迫っており、もう悠長なことは言っていられない。その時、校内放送のベルが鳴り、春乃の耳をノックした。

——大塚春乃さん。校内に残っていたら、職員室に来てください。

「私だ……渚、悪いけど今日は先に帰ってて」

春乃は目の前で手を合わせた。

「わかった。本当に誰もいなかったら言って。私じゃあ負けるだろうけど」

自嘲気味に笑う渚と別れ、春乃は足早に職員室へ向かった。

「すみません。大塚ですけど……」

何も悪いことはしていないと思っても、職員室に呼ばれるというのは緊張するものである。春乃はゆっくりと扉を滑らせて顔を入れた。

「あ、大塚さん。まだ残っていてよかった。入って」

長岡先生が席から立って手招きした。現代文を担当している長岡先生は確か三十二歳の、独身女性だ。春乃が一年生の時の担任である。春乃が入学早々に、

——華道部を作りたいんです。

と、相談を持ち掛けたのもこの先生であった。まずは同好会からということだったが、

長岡先生はすでにバレーボール部の顧問をしていて忙しいにもかかわらず、華道同好会の顧問にもなってくれた。

その上、大会に出たいという春乃の想いを汲んでくれ、この学校に華道の経験者はいないかと訊いて回ってくれていた。先輩後輩の中に一人ずついると教えてくれたのも長岡先生だった。

目の前まで行くと、長岡先生は得意げに首を傾けた。

「あのね、他に華道をしている人、いたわ」

「嘘……」

一昨日、他にはもういないと言われたばかりなのだ。

「本当。転校生だからわからなかったの」

「転校生？　一年生か三年生？」

この時期に転校生は珍しくない。現に同学年にも一人転校して来た人がいると聞いた。だが、確か男だったはずだ。違うだろう。

「何で飛ばすのよ。同じ学年」

長岡先生は口元を綻ばせた。

「え……でも男だって」

「そう。その子」

華道を嗜む男性も確かにいるが、やはり女性が圧倒的に多い。ましてや高校生ともなれば皆無といってもよい。

春乃はそもそも男子に接するのは得意ではない。今まで彼氏が出来たこともないのである。高校に入学して二度ばかり告白されたこともあったが、どうも好きになれずに断っていた。二人目はどうやらサッカー部のエースであったらしく、渚などは、

「何で志賀先輩を振る訳？　もったいない！　この鈍感！」

と、呆れかえっていたのをよく覚えている。

しかしこの際、男が苦手などとは言っていられない。一縷の望みをかけて当たってみるつもりになっていた。

「何組でしたっけ？」

転校生は春乃の二組ではなかったため、あまり興味が無かった。そういえば同じクラスの女子が何か騒いでいたのを思い出した。確か渚も何か言っていたが、その頃から春乃はメンバーを探し求めてそれどころではなく、よく覚えていない。

「二年七組。山城貴音君。見たことない？」

「はい。でも何で華道を？　お母さんが華道の師匠とか……」

それ以外に男子が華道をする理由が考えられなかった。それほど少ないのである。

「うーん……まあ家の事情ってことは確かだろうけど、少し違うみたいね。自分で訊いてみたら？」

長岡先生は妙にもったいぶった。生徒の個人情報のため、話せないといったところだろ

うか。

「繊細な子でしょうし、一緒に出てくれるなら後々ですかね」

男で華道の経験があると聞き、線の細い華奢な子を想像した。すると長岡先生が何故か噴き出したので、春乃は首を捻った。

「そのイメージならびっくりするかも。でも……イケメンよ。背も高いし」

長岡先生は少し顎を引いて不敵に笑った。

イメージが違うとはどういうことだろう。背の高いイケメン、華道を嗜む。春乃はすらりとした、知性溢れる、お公家さんのような男子生徒を脳裏に描いていた。そしてそれが誰かに似ているのに気づき、慌てて頭を振る。

「明日、七組に行ってみます。先生、ありがとう」

そう言って立ち去ろうとする春乃を、長岡先生は引き留めた。

「山城君はまだ残っているわよ」

「どこかの部活に？」

「ううん。部活は入っていないわ。さっそく補習」

長岡先生はくすりと笑った。

「転校から半月で？」

「だって一年生の勉強はおろか、中学生で習うところも怪しいもの」

「へえ……」

すでに「知性溢れる」というイメージはぐらついている。でも勉強が苦手なだけで教養はあるということもある。春乃はそう自分に言い聞かせた。

長岡先生は掛け時計を見上げながら言った。

「あと40分ほどで終わりね。待っている？」

「はい。そうします」

人目に付く日中に声を掛けるより、放課後のほうがまだ気楽である。

「その頃に七組の教室を訪ねてみなさい」

バレー部が練習している体育館に向かうのだろう。長岡先生はホイッスルを首に掛けながら、やはり意味深な笑みを向けた。

春乃は七組の前の廊下で待った。長岡先生が教えてくれた補習終了時間まであと10分である。補習の内容が数学だということはすぐにわかった。担当の篠田（しのだ）先生は奥歯をするような独特の発音で、

「えー……」

と、前置きして話す癖（くせ）があるのだ。一度、男子がその口癖を一回の授業で何回口にするのか数えたことがあり、百の大台に乗らなかったと悔しがっていたことを思い出した。

篠田先生は独身で確か年齢は四十五、六。毛玉の沢山出来たカーディガンに、折り目が消えたスラックスとお世辞にもお洒落（しゃれ）とは言えない。髪もいつも寝ぐせが付いている。そ

の容姿と口癖が相まって、陰で生徒たちから小馬鹿にされていた。

補習は一人だけのためと聞いていたが、真面目に受けているのだろうか、目的の山城貴音の声は一切聞こえない。

そろそろ予定の時間となった時、篠田先生の声を遮り、ようやく声が聞こえた。想像していたよりも低い声である。

「先生、時間ですよね。帰らせてもらってもいいですか？」

口調も思っていたものと少し違った。

「えー……あ、はい」

「あ、そうだ。余計なお世話かもしんないですけど、先生『えー』ってめっちゃ言いますよね。口癖ですか？」

――言った……。

陰で笑っていても、面と向かって言う生徒は誰もいない。デリカシーの欠片もない男なのではないかと、春乃の不安はより大きくなっていく。

「直したいとは思っているんですが、なかなか難しくてね」

篠田先生が苦笑しているのがわかった。本人が自覚しており、直したいと思っていたことも、誰も指摘しないのだから当然初耳である。

「癖はなかなか直らないからな……そんな時は意識を持って敢えて言うんです」

「敢えて？」

篠田先生は春乃の予想に反して食いついた。

「そう。癖を消そうとするんじゃなく、意識を持って言う。例えば先生だと、黒板に書く時は思い切り意識して言うとか。言うぞ、言うぞって思うと、他が知らないうちに消えていくっていうね」

「へえ……山城君は物知りだね」

いつの間にか立場が逆転してしまい、篠田先生が感心している。

「親父の受け売りです。じゃあ、帰ります」

会話に聞き入っていたが、このタイミングだと春乃は教室の扉をノックした。すぐに篠田先生の応答があり、一気に開け放つ。

「大塚さん、どうしました？」

篠田先生は驚いた様子で眼鏡を持ち上げた。

「あの……山城……貴音君に話が」

「丁度、今終わったところです。どうぞ」

篠田先生はそう言うと教科書を纏め始めた。篠田先生と合っていた視線を横に動かす。

椅子に浅く座っている男子生徒、これが山城貴音だろう。

切れ長の二重の目、薄い唇、鼻筋は一切迷いがないかのように一直線に走り、黒々とした髪は蛍光灯の光でさえ艶を生んでいる。整ったそれらとはやや異なり、眉は凜と上がり挑戦的な匂いを醸し出していた。

――思い出した。

渚が騒いでいた内容である。転校生がもの凄く(すご)イケメンで、学年中の女子が騒然としているという話だった。確かに先ほど長岡先生も同じように言っていたが、いつも冗談(じょうだん)ばかり言っているので、その類(たぐい)だと思って聞き流していた。

「山城貴音君……ですか？」

「ああ」

面識の無い女子がいきなり訪ねてきた割に、あまり驚きの色は浮かんでいない。貴音は鞄(かばん)に教科書や筆箱を投げるように入れて立ち上がった。

――大きい……。

立ち上がって初めてかなり身長が高いことに気が付いた。百八十センチはあるだろう。身長百五十七センチの春乃からすれば見上げるような形になる。貴音は無言でこちらに近づいてくると、無造作に手を差し出した。

「ん……」

「え？」

「早く渡せよ。忙しいんだよ」

「何を？」

全く意味がわからずに、春乃は困惑した。

「手紙かなんかだろ。ＩＤを書いた。でも俺(おれ)、ガラケーだから」

「は？　何言ってんの？」

話が全く噛み合わず、春乃は早くも地が出てしまった。今時の高校生のほとんどがスマホであり、ガラケーは皆無に近いがそんなことはどうでもいい。

「違うのかよ。ここに転校して来てそればっかりだったから、またかと思ったんだよ。恥ずかしいじゃねえか」

「知らないわよ」

「で、何？」

見下ろす貴音の目は涼やかというよりは、冷ややかと言ったほうがぴったりくる。春乃は怖気づきかけたが、これが最後のチャンスと言い聞かせて自分を奮い立たせた。

「華道同好会に入ってくれませんか？」

「無理」

即答。１秒の考える間すらない。今まで春乃が誘ってきた中で、最速の断られ方である。だからかもしれないが、春乃は呆気に取られるよりも、何故か闘志が湧き上がってきた。

「華道の経験あるんでしょう？」

「少しだけな」

確かに長岡先生の情報に間違いはないらしい。

「じゃあ何で？」

「いや何でって、無理なもんは無理って……」

「理由は？」

普段はここまで食い下がることは決してない。先輩に遊んでいる暇はないと言われたことに、悔しさを感じていたことも関係するかもしれない。

貴音は少し考えてぽつりと言った。

「仕事がある」

「仕事ってバイトでしょう」

馬鹿にしている訳ではない。まあ仕事には違いないのだが、アルバイトと言わずにわざわざそう言うのは恰好付けているのだろうと思った。

「バイトじゃねえし。それに俺は夏が終わればまた引っ越すの」

この頻度で引っ越しを繰り返すとは、父親は転勤の多い仕事なのかもしれない。しかし夏までこの学校にいるならば十分である。

「夏まででいいの。お願いだから手伝って」

思い描いていた性格とはかなり違うが、春乃は諦める訳にはいかない。この男に断られてしまえば、一縷の望みも完全に断たれてしまうのである。

「しつこい」

「あんたも華道部を馬鹿にしているんでしょう？」

華道の経験があるという割に、本人に興味が無いのは明らかである。心無い運動部のように小馬鹿にしているのだと思った。

「は？　意味わかんねえ……それにただでさえ補習が沢山あって忙しいんだよ」

「数学だけじゃなく？」

所在なげにこちらの様子を窺っていた篠田先生は、こくりと頷いて苦笑した。

「体育、家庭科、古文、漢文」

貴音はやはりぶっきらぼうに言い、脇をすり抜けようとするが、春乃は身を滑らして遮る。

「と、数学って訳ね……」

「いや、それ以外全部」

「あんた前の学校で何してたのよ！」

もうこいつは何なんだ。怒りがこみ上げてくる。この男にとっては勝手な話に違いないが、春乃の思い描いていた山城貴音像とはあまりにかけ離れ過ぎていた。

「うるせえよ。関係ねえだろ……まじで遅れるから」

貴音は手で肩を軽く押して、入口に立ち塞がっていた春乃をどかした。教室を出て廊下を行く貴音の背に向け、春乃は呼びかけた。

「お願い！」

「無理」

貴音は鞄を肩に掛け、振り返るでもなく秒で返答する。やはり愛想も何もあったものではない。茫然と見送る春乃に、職員室に戻ろうとする篠田先生が声を掛けた。

「大塚さん、まだ見つからないのかい？」

「はい……長岡先生に転校生が華道を嗜んでいると聞いて、最後の望みと思って来たんですけど……あんなやつだったなんて」

「補習があるのは本当だしね」

縁が歪んでいるのか。篠田先生はいつも知らないうちに傾く眼鏡をまた直す。

「しかもそんなに沢山」

「今までに授業を欠席しているから。山城君の家の事情を鑑みて、校長先生が補習を提案して下さったんです。次の学校が協力的とは限らないし……」

「家の事情？」

「えー……口を滑らせてしまった」

「先生、口癖」

先ほどの貴音とのやり取りを聞いていたからか、思わず指摘してしまった。篠田先生は照れ臭そうにして笑う。

「ともかく進級出来るように……あっ」

何か思い出したか、篠田先生は短く声を上げた。

「どうしました？」

「しまった。山城君に伝えなくちゃならないことを忘れていた。まだ追いつくかな……」

篠田先生は慌てて教室を出ようとする。

生の脚が意外と速いことに驚いた。


「先生、鍵は⁉」

「後で閉めるから。大塚さん、パートナーが見つかるといいね」

そう言い残すと小走りで追いかけて行った。廊下にはすでに貴音の姿はないが、篠田先生の脚が意外と速いことに驚いた。

「追いつくかな」

春乃は苦笑いしてしまった。脚の問題ではない。脇に抱えた教科書をばさりと落としてしまい、慌てて掻き集めているのである。篠田先生が「どんくさい」と、生徒に陰口を叩かれている理由はこんなところにあるのだろう。

「どうしよう……」

春乃は独り言を零しながら教室の扉を閉めた。

廊下からはグラウンドが見える。普通の学校よりも一回り広い大きなグラウンド。そこでは野球部は掛け声を合わせつつランニングをし、サッカー部は輪になってボールを回している。どのクラブも夏に向けて仲間と共に練習に励んでいるのだ。それをぼうと横目に見ながら一人家路に就いた。

大塚家には一つだけ目標がある。夕食は家族揃ってテーブルを囲むというありふれたものである。

父はあまり残業は多くはないが、それでもたまには遅くなることもある。そのため決まりではなく、目標としている。

春乃は帰宅してすぐに英語の課題に手を付けた。しかし華道同好会のことが頭を過り、思うほど進まない。ペンを揺らしていると、夕食の支度が整ったと母に呼ばれ、一階へ降りていった。

「あ、お父さんお帰り」

知らないうちに父が帰っており、丁度ネクタイを外していたところだった。

「ただいま。今日は春乃の好きなカレーだって」

「知ってる」

「もう母さんに聞いていたか」

「うん」

「え……すごいな。いつの間にそんな力を……」

「匂いしてるじゃん」

「なるほど。てっきり春乃が超能力に目覚めたのかと……」

父はへらへらと笑いながら部屋着に着替えていく。父の名は大塚伸介、四十二歳で中小ハウスメーカーの営業係長を務めており、このようにいつもどこか抜けていることばかり言っている。

「馬鹿なこと言ってないで早くしなさい」

せっかちな母は早くも皿にカレーをよそっている。母は大塚咲、父より三つ年下の三十九歳で、近くのスーパーにレジ打ちのパートに出ている。父はそんな母にいつも尻を叩かれていた。

　父が席に着いたところで、どたどたと階段を下りてくる足音がした。弟である。

「あ、お帰り」

「ただいま」

　父と先ほどの自分と同じようなやり取りを交わして、席に着こうとした。

「凌太、手を洗ってきなさい！」

「わかったよ。母さん、大盛りね」

　叱られても全く動じず、弟はびっとカレー鍋を指差して洗面所へ向かった。弟の名は凌太、十五歳で今年受験を控えている中学三年生である。そして春乃にとっては羨ましい運動部の花形の一つ、サッカー部に属しており、エースなどと煽てられているらしい。

　凌太が席に着いたところで食事が始まる。交わされる会話は、今日の仕事はどうだったとか、サッカーの練習試合が決まったとか、隣町のスーパーで明日はポイントが五倍だとか、他愛もない話ばかりである。家族は春乃が花いけバトルに出ようとしており、パートナーを探していることも知っている。自然とその話題にもなった。

「春乃、相方見つかったか？」

　父はサラダにドレッシングをかけつつ言った。

「相方って漫才師みたいじゃない。パートナーよ」

すかさず母が訂正する。

「でも、日本語に直せば相方じゃないか？」

「相棒じゃないの？」

「母さん、それじゃ刑事みたいだよ」

「そうね。じゃあ相方かな」

「姉ちゃん、漫才の大会に出んの？」

春乃が答える間もなく、家族で勝手に話を訳のわからない方向へ転がしていく。これも大塚家では日常茶飯事の光景である。話の隙間を見つけて春乃は答えを差し込んだ。

「全く駄目。今日、最後の一人に断られた」

「申し込み期限まであと少しじゃないの？」

母は家族の中で最もこのことに詳しい。

「今まで当たった人に、もう一度お願いしてみる……」

そこまで言って今日の貴音の憎たらしい態度が脳裏に蘇って来て、言わずともいいことが口から零れた。

「一人を除いて」

「ん？」

「ううん。それで駄目なら渚が出てくれるって」

春乃が立て続けに話してごまかしていると、父がドレッシングを置いて、改まった口調で言った。

「母さん……お祖母ちゃんのためだったら、無理しなくていいからな」

花いけバトルに出ようとした理由の一つに祖母のことがある。春乃は、優しく、どこか惚けたところのある祖母が大好きだった。父は祖母に似たと断言できる。

父の実家は香川の商店街にある小さな花屋だった。祖父は祖母と出逢う前から花屋を営んでいたらしい。

そんな二人はお見合い結婚であった。昨今はあまり聞かれないが、昭和四十年代や五十年代までは大半がそうだったと祖母が語っていたのを覚えている。

「お祖父ちゃんは口下手でね。一度目はほとんど何も話さなかったの。断ろうと思って二度目に会った時、こうしてね」

祖母は両手を差し出した。祖父は一輪の花を差し出したのだという。日本の男は花を贈るのを恥ずかしがるが、欧米では男も花を愛でますと、消え入るような声でそう言ったらしい。

「何て優しい人なんだろうって。断るつもりが、いつの間にか一緒になってしまったわ」

祖母が懐かしそうに、そして少し照れ臭そうに話していた。

――花は思い出にいつも寄り添う。

これが祖父の持論であったらしい。世の中には多くの花があり、どの季節にも絶えることはない。それが人生の節目を彩り、思い出を優しく包み込むというのだ。そしてまたその花が咲き誇る時、あるいは贈られる時、眠っていた思い出もそっと蘇らせてくれる。

春を謳歌する桜を見て、入学、卒業、あるいは入社の意気込みを思い出す者もいるだろう。薔薇を見て結婚当初の心を取り戻す者もいるだろう。金木犀の香りに触れ、別れた大切だった人を思い出す者もいるだろう。祖父は祖母だけにそう語っていたらしい。

そんな祖父が亡くなったのは、春乃が小学四年生の頃である。祖母一人で花屋を営むのは厳しいらしく、兄弟のいない父は、一度は仕事を辞めて実家を継ぐことも考えた。しかし祖母は、

「伸介はいいの。元々、お父さんは一代で終わらせるつもりだったから」

と、頑なに拒んだらしい。春乃や凌太の学校のことも慮ってくれていたのではないかと今では思う。

ではせめて東京に出て一緒に暮らそうと父母は提案したが、それにも首を縦に振ることは無かった。断る時、様々な理由を挙げたが、最後には、

「この町には沢山の『思い出』があるから」

と結び、父母を渋々納得させた。それから毎年、盆と正月には家族で父の実家を訪れるが、春乃は祖母が年々元気をなくしていることが気掛かりであった。

ただ、祖母は花をいける。その時だけは何とも穏やかな表情なのである。中学三年生の正月、春乃が毎年の恒例で花をいけていた祖母に、

「高校になったら私、華道部に入ろうかな」

何気なく言うと、祖母の顔がぱあっと明るくなった。

「それはいいわね。春ちゃんのいけた花を見てみたい」

この体に花屋の血が流れているからか、もともと花に興味はあった。

百花繚乱(ひゃっかりょうらん)という言葉に表されるように、世の中には本当に多くの種類の花がある。それぞれ一輪だけでも美しいのだが、組み合わせによって互いの美しさがさらに際立(きわだ)つのを、祖母がいけるので目の当たりにした。それはどこか人にも似ているのかもしれないと思い、幼い頃から決して目立つ存在でなかった春乃は、小さな勇気をもらったことをよく覚えている。

加えて華道部に入ることで祖母が元気を出してくれるなら、これ以上何も言うことはない。

入学する前からわかってはいたが、高校に華道部は無かった。そこで学生時代に華道を習っていたという長岡先生に頼み込み、華道同好会を作って貰ったのである。

そこから一年、春乃は近所の華道教室でも習い、作品が出来るたびに写真を撮って祖母に送っている。祖母はガラケーだから、目一杯画質を落とさなければメールに添付出来ない。その粗い写真を送るたびに祖母はメールで褒(ほ)めてくれた。

(ずいぶんじょずになったわ)

もう七十を超えているのだ。変換が出来ず、打ち間違えも多い。句読点も無いから酷(ひど)く読みにくい。それでも喜んでくれていることだけは伝わり、春乃は毎度くすりと笑った。

2

同好会が部に昇格するための条件は至極単純である。所属人数が四人いればいい。しかしそれが遠い。

今年初めての部活勧誘の成果はゼロ。たった一人の新入部員、厳密に言えば新入同好会員も獲得出来なかった。何人か見学に来てくれた子もいたが、入会には至らなかった。

部に昇格しなければ予算は雀の涙ほどで、一回花を買えば無くなってしまうほどである。人気クラブには沢山の予算が付き、設備も充実している。そのお陰もあってさらに成果も出る。野球部は昨年東東京大会のベスト4まで進出していた。それもあって今年は入部希望者も一段と多かったらしい。

このままだと有力クラブとの格差はどんどん開いていく。四人のメンバーを揃えれば部に昇格出来るのだが、このままだと昇格どころか、春乃の卒業と同時に消滅してしまうかもしれない。何とか盛り上げる方法はないか、と考えていた春乃に転機が訪れたのは、昨年の夏のことであった。

その時も香川に帰省しており、そのきっかけをくれたのもまた祖母であった。茹るような暑さの中、縁側に座り、弟と西瓜を頬張っていた春乃の元に、祖母が一枚のチラシを持ってきてくれた。

「春ちゃん、こんなのやるみたいよ」

「全国高校生……花いけバトル？」

春乃は上から下までじっくりと目を通していく。それを祖母は微笑みながら見守っていた。

チラシには春乃と同年代の女の子が花をいけている写真、そして開催日程や場所などが書かれている。全国の各地区で予選が行われ、それを突破した者で全国大会が開催される。野球やサッカーの大会とよく似ている。そして全国大会が催される、野球における甲子園ともいうべき場所が、ここ香川であるらしいのだ。

「全然知らなかった……」

「まだ二回目って書いてあるからね。お祖母ちゃんもさっき近所の魚屋さんに聞いて知ったの。どう？　これに出れば華道同好会をアピール出来るんじゃない？」

祖母は茶目っ気たっぷりに少し首を傾ける。

「おもしろそう！　見てみたい！」

庭に種を吹いて捨てた弟が、チラシを覗き込んで水を差した。

「でもこれ三日後じゃん。無理だろ」

全国大会の開催日は三日後である。弟が言うように、明後日には東京に向けて帰る予定になっていた。

「伸介に頼んでみようか？」

祖母の提案に、春乃は一も二もなく頷いた。弟は部活の練習があるため、先に家族三人が帰り、春乃だけが香川に残ることになった。そしてその翌日、春乃は祖母と共に、全国高校生花いけバトルの決勝戦を見に行ったのだ。

大会は県民ホールで行われる。

「凄い……こんなに」

そこに入ってまず驚いたのは、多くの観客が席を埋めていたことである。出場者の家族もいるだろうが、明らかに春乃と同年代と思われる子や、中学生や小学生くらいの年頃の子もいる。自分が学校で肩身の狭い思いをしていることに照らし合わせ、こんなにも人気があるとは思っていなかった。

「お祖母ちゃんもウキウキしてきた」

隣に座った祖母は老眼鏡を取り出して、大会のパンフレットを読みながら言った。

定刻になってセレモニーのあといよいよ「バトル」が始まった。二人一組で参加、制限時間は5分。八十種類以上の花がステージの花道、その下にまで並べられ、エントランスまで届いていた甘く爽（さわ）やかな香りが充満している。

ここに集まったのは予選を勝ち抜いてきた全国の猛者（もさ）たち。ほとんどが春乃と同じ女子高生だが、その中に一つだけ異彩を放っている組があった。

「男の子……」

男子二人の組である。うち一人は息を呑（の）むほどに肌が白く、切れ長の涼やかな目をしており、全身から気品のようなものが滲み出ていた。

「京都清北高校の生徒さんみたいね。組の名前は『華風』って書いてあるわ」

祖母はパンフレットを指差しながら言った。祖母が組と表現したのはチーム名のことである。各高校から三チームまで出場可能というルールもあるからか、チームに名前を付けて参加するのだ。

「男の子でも出るんだ」

「お祖父さんが生きていたら、きっと応援したわね」

最初は珍しいといった程度でしかなかったが、試合が進むにつれて別の感想を持つようになった。

——凄い。

その一言に尽きる。京都清北高校「華風」は、各地の予選を突破して来た並み居る強豪を、全く寄せ付けずに撃破していくのだ。

勝負は識者の審査員、そして観客が決める。入場の時に手渡された団扇の表裏が赤と青に分けられており、ジャッジタイムの時にこれを掲げるのである。京都清北高校「華風」は圧倒的で、観客の九割以上を一色に染めている。何を隠そう春乃もずっとそちらに投票してきた。

二人とも相当な実力の持ち主とわかるが、うち一人、色白で切れ長の目の青年は特に圧倒的であった。

まず何より作品が美しい。まだまだ勉強中の春乃でもそのフォルムの美しさ、奥行き、色合いのバランスが飛びぬけていることがわかる。

強さの理由はそれだけではない。花をいけていく所作が極めて美しいのである。5分の制限時間ともなれば焦りが出てきてもおかしくないが、そのようなものは一切感じられない。顔に汗の珠一つ浮かべず、花を扱う手は春風を彷彿とさせるように優雅に、それでいて機械のように無駄なく動く。その流れる所作一つ一つに観客は魅了され、中には感嘆の溜息を漏らしている者もいた。

「本当に凄い……」

春乃が呟いた声に反応し、隣に座っていた観客が声を掛けて来た。歳は四十前後、母と同じくらいであろうか。上品なおばさんといった感じである。

「素晴らしいでしょう。秋臣さん」

「はい。お身内の方ですか？」

「とんでもない。私の師の御子息なの」

「というと……華道の？」

「ええ、そう。もう一人もお弟子さんの息子さん」

なるほど、華道の師匠の息子だというのならば、これほど上手なことも納得出来る。おばさんは誇らしげに微笑んで続けた。

「香月院流のね」

「やっぱり」

流派に関しての驚きはなかった。華道といえば香月院が真っ先に思い浮かぶほど、この流派が華道の世界を席巻(せっけん)している。華道をしている人の実に八割が、この流派に属しているといってもいい大家である。春乃が習い始めた近所の華道教室の先生も、この香月院流の免許を得て開いている。そういう意味では春乃も、香月院流の末の末に属しているといってもよい。

「秋臣さんは香月院流の将来を背負って立つ方よ。丸小路(まるこうじ)家百年に一度の逸材(いつざい)だと言われているの」

「丸小路……あの丸小路家ですか――」

思わず声が大きくなりかけたが、近くの観客が振り返ったので抑えた。

「そう。香月院流家元、丸小路家の嫡男(ちゃくなん)。丸小路秋臣さんよ」

まさしく華道界のプリンス、春乃からすれば雲の上の存在である。学年は春乃と同じ高校一年生。幼いころから母の手ほどきを受け、その実力はすでに香月院流の師範たちにも引けを取らないという。

そのことを聞いて改めて見ると、壇上(だんじょう)で次の戦いに備(そな)える秋臣は、公家のような気品を備えているように春乃には見えた。

決勝戦でも京都清北高校「華風」は圧倒的であった。対戦相手をダブルスコアで打ち破り優勝を果たしたのである。

続いて移った表彰式の途中、祖母が丸い溜息をつく。どうしたのか気になって春乃は横を向く。

「お祖母ちゃん、どうかした？」

「私が若い時にこんな大会があったなら、絶対に参加しただろうなって思ったの。羨ましいわ」

「ふふ……確かにお祖母ちゃん好きそう。お祖父ちゃんと一緒に出た？」

「お祖父ちゃんはきっと恥ずかしいって言っただろうけど、無理やり引っ張り上げちゃったでしょうね」

祖母は少し遠い目になって、やわらかな笑みを浮かべた。

表彰式が終わり、大会に出場した生徒たちが、客席で見ていた保護者や学校関係者のところへ降りてくる。帰ろうと腰を浮かせた春乃に、先ほどのおばさんが提案した。

「ねえ、お嬢さんも華道を習っていらっしゃるのでしょう？　よければ秋臣さんにご挨拶(あいさつ)なさる？」

「いいんですか？」

「ええ。ついていらっしゃい」

祖母はにこりと微笑んで、待っているからいってらっしゃいと言ってくれた。

おばさんの足取りは羽が生えているように軽く、付いてきている春乃を残してずんずんステージの近くへ降りていく。後で思えばこれはおばさんの好意ではなく、秋臣に話しかけるための口実作り、あるいは春乃に対して、己が気安く秋臣と話せることを誇示したかっただけなのかもしれない。

「秋臣さん」

おばさんの呼びかけに、花束を抱いた秋臣が振り返る。

「木原さん、おいでいただきありがとうございました」

秋臣は慇懃に礼をした。その振る舞い一つとっても高校生らしからぬ気品が漂っている。

「ご挨拶したいという子がいらしているの。秋臣さんと同じ年で、香月院流の門下の子よ」

「門下だなんて。まだ最近始めたばかりで……」

門下と名乗るためには、試験を突破して香月院流の「級」を取得せねばならない。まだ習い始めたばかりの春乃はそこにも至っていないため、門下を名乗る資格がないのである。

秋臣は花束を近くの者に預けて、春乃の目の前に近づいて来た。妖艶なまでの白い肌、紅を引いたような薄い唇。貴公子という言葉がよく似合う。

花は手放したはずなのに甘い匂いがした。毎日のように花と向き合っていれば、肌に花の香りが宿るものなのかもしれない。

「はじめまして。大塚春乃と申します」

自分でも知らぬうちに緊張しているのか、お辞儀がややぎこちなくなった。それを笑うことなく秋臣は丁寧に応じる。

「こんにちは。丸小路秋臣です。良いお名前ですね」

「ありがとうございます……」

恐縮して再び頭を下げる。

「うちの流派で学ばれているとか」

「はい……でも、まだ始めたばかりで」

「誰でも初めはそうです。高校生から始めたのならば早いほうですよ。きっと上達すると思います」

「あ、あの……一つお尋ねしてもいいですか?」

花いけバトルを見ていた時から、もし秋臣に訊けるならば訊いてみたいことがあった。

「どうぞ。何なりと」

秋臣は唇を綻ばせて、少し首を傾けた。

「同じ種類のものでも使う花と、使わない花を分けておられましたよね……あれは何を見ていたんですか?」

「ああ……もう駄目な花が混じっていたので除いていたのです」

秋臣は丁寧に解説してくれた。用意された同じ種類の花にも個体差があり、中にはすでに弱っているものも混じっているらしい。観客席はやや暗く、置かれた花の状態が正確にはわからない。加えて時間もあまりないため、取り敢えず多めに取り、明るいところでじっくりと見て、いきの良い花だけを使うように選別したらしい。

普段、丸小路家には質のいい花ばかりが納品されるらしく、自然とそれらが見極められるようになったと秋臣は言った。

「そういうことなんですね……」

「どうかしましたか？」

秋臣は怪訝そうに首を捻った。

「いえ……まだまだ使えそうな花だったから、少し可哀そうだなって」

「遠目にはわからないかもしれませんが、明日には萎れてしまうのです」

「でもまだあと一日は元気に咲く姿を皆に見て貰えるなら……」

秋臣がきょとんとした表情になっているので、春乃は失礼に当たったかと、慌てて言葉を継いだ。

「すみません。私の華道同好会は本当に予算が無くて、いつも売り物にならない花を頂いて練習しているので、そんなことを思っただけです」

秋臣は穏やかな笑みを浮かべて頭を振った。

「大塚さんは花を大切にしておられるのですね。花がお好きな証拠です。僕もそうでした」

「そう……でした？」

過去形なのが引っ掛かり、また余計なことを口走ってしまった。秋臣の笑みは一変して苦くなる。

「今も好き……ですがね。大塚さんの話を聞いていて、花に接し始めた頃を思い出したのです」

香月院流の跡取りともなれば、花とずっと向き合っていなければならず、色々思うところがあるのかもしれない。ならば猶更(なおさら)気になることもある。

「どうしてこの大会に出ようと思われたのですか？」

「どうしてとは……」

秋臣には質問の意図が伝わらなかったらしい。春乃は思い切って訊いた。

「どうして香月院流の家元の方なのに参加なさってるんですか？」

「出てはいけませんか？」

秋臣は細い眉を開いて尋ね返す。

「い、いえ！　そういう意味じゃなく……この大会は審査員の大半がお客さんだから、好みによっては……」

「負けることもあると」

秋臣がはっきり口にしたから、春乃はきゅっと唇を結んでしまった。秋臣は微(かす)かに笑みを浮かべつつ続けた。

「香月院流は負けませんよ。僕が出場を決めたのもそのためです」

「でも万が一……」

「そんな強敵がいるならば是非戦ってみたい。そうだ、大塚さんも出場してみてはいかがですか？」

「そのつもりです」

春乃はすでに来年出場することを心に決めていた。華道同好会を広めるためというのもあるが、この会場に来て花の素晴らしさ、それをいける所作の美しさに改めて魅了されたのである。そう思うようになったのは、眼前のこの貴公子の影響が大きい。

「それは楽しみです。僕を倒してくれますか？　あ、でも大塚さんが勝っても香月院流か」

「そうなりますね」

秋臣は人差し指で眉間を掻き、照れ臭そうに笑った。その顔はステージ場で見せた優雅な表情とは打って変わり、普通の高校生のように見える。春乃は親近感が湧いてくすりと笑った。

「是非、来年ここで」

「はい。予選を突破出来るように頑張ります」

関係者に呼ばれ、秋臣は会釈して春乃から離れていった。

祖母のところに戻り、二人は会場を後にした。冷房の効いた会場とは違い、外は顔を顰めてしまうほど暑い。囂しく鳴く蟬の声に包まれながら、二人でバス停まで歩いて行く。

祖母は自分ではまだまだ元気と言っているが、歳には違いない。春乃はそっと寄り添っていた。

バスを待っている時、春乃は来年この大会に出場しようと思っていることを祖母に告げた。すると祖母はぽんと目の前で手を合わせ、珍しく声を大にして喜んだ。

「それは楽しみ！　花をいける春ちゃんを見てみたいわ」

「でも、予選を突破出来なければ香川まで来られないんだけどね」

各地の予選を勝ち抜いた者だけが、この香川で開かれる全国大会に出られる。秋臣のような「花のエリート」は別格としても、他にも素晴らしい作品をいけた高校生は多くいた。今の春乃では逆立ちしても勝てないだろう。

「春ちゃんは大丈夫だと思う。きっと優勝出来るわ」

春乃は誰かに聞かれていないかと周囲を見回し、目の前で手を振った。

「丸小路さんの作品見たでしょう？　あんなの勝てっこないよ」

本当に秋臣の作品は別格であった。秋臣は一本、一本選んだ花々を、これしかないというように花器にいけていく。それは絵画や陶磁器が作られていく過程を見ているようであった。そして出来上がった作品はまさに芸術と呼ぶに相応しく、同じ高校生が作り上げたものだとは到底思えなかった。

「確かに素晴らしかった」

「でしょう？」

夏の日差しが強く降り注ぐ。春乃は額の汗を拭いながら相槌を打った。

「でも春ちゃんなら、きっと負けないくらいの花を愛した作品が作れる」

「そうかなあ……」

祖母は何も答えなかった。一層大きくなった蟬の鳴き声に遮られ、聞こえなかったのかもしれない。祖母は空を見上げていた。燦々と輝く太陽に寄り添うように、高く上に昇る入道雲がある。見るもの聞くもの全てが夏を彩る中、春乃は穏やかに微笑む祖母の横顔をじっと見つめていた。

3

それが、春乃が「全国高校生花いけバトル」に出ようと決めたきっかけだった。あれから間もなく一年が過ぎようとしている。その間も華道同好会の勧誘は続けたが、全く成果は上がらず、大会への申し込みの期日が迫り、せめて共に大会だけでも出てくれるパートナーをと探し始めたという訳である。

だがその期間限定の相手さえ見つからず、春乃は途方に暮れていた。最後の頼みの綱であった転校生にも断られた翌日、春乃はいよいよ腹を括った。

——渚にお願いしよう。

と、いうことである。

小学校、中学校が同じで渚との付き合いは長い。春乃にとっては最も仲が良く、信頼出来る友達である。

渚は華道に関しては完全に初心者である。そのことは仕方ないとしても、本人が自分で宣言するほど不器用であった。美術の時間、轆轤（ろくろ）を使った陶芸をしたことがある。大抵二、三回は失敗するものだが、渚は十数回失敗して、美術の先生に過去最多と不名誉な記録を認定されたこともある。

そんな渚だが、どうしてもパートナーが見つからなければ、出ても構わないと言ってくれている。もうここにすがるしかないだろう。

午前中の授業が終わり、昼休みになった。お弁当はいつも渚を含めた四人のグループで食べている。春乃は今日のこの時に切りだそうと思っていた。

たわいもない話に花が咲き、春乃がタイミングを窺っていた時、廊下に足音が響いているのに気付いた。どうやら走っているらしく、それはこちらに近づいて来る。

「おい、走るな！」

強面（こわもて）で怖がられている、体育の堂崎（どうざき）先生の怒鳴（どな）る声が聞こえた。

「悪い！」

「何だその口の利（き）き方——」

「あ、すみません！」

「よし！」

声の主は臆（おく）することはない。堂崎先生もあまりに意外だったのか、それ以上咎（とが）めることなく許してしまっている。そのやりとりが滑稽で、教室には噴き出してしまっている人もいた。

　春乃は声に聞き覚えはあったが、それが誰だかすぐには出てこない。足音はなおも近づき、教室の前の扉が勢いよく開け放たれた。

「あ……」

　山城貴音、あの転校生である。教室の中にいた生徒がざわつく。男子は単純に驚いている様子だが、女子の中には何やらこそこそと話し合い、顔を赤らめている者もいた。貴音はそんな騒めきは一切意に介さない様子で首を伸ばして中を窺っている。

　春乃も呆気に取られて箸の動きが止まり、持ち上げていたミニトマトが、弁当箱の中に転がり落ちるのも気付かなかった。

「えーと……あ、いたいた」

　貴音と目が合ったような気がしたが、まさか違うだろうと振り返った。背後にはバスケ部と野球部の男子が四人で弁当を食べている。なんだ、どうやらこちらに用があるようだ。

「やっぱり山城君ってかっこいいよね」

　渚が小声で囁くと、他の二人もすぐに同調した。やっぱりと言うからには以前にもそんな話をしていたらしい。

「二組の葵、四組の莉胡も連絡先、渡したらしいよ」

　容姿端麗といえばちょっと大袈裟かもしれないが、どちらもかなり可愛い子であることは確かだ。

「え、そうなんだ。で、どうだったの？」

訊き返されて、訳知り顔で渚は答える。貴音は片手で拝むような恰好で、机の間を縫ってこちらに向かってくる。

「どっちも玉砕」

「えー……あの二人で無理なら絶望的じゃん」

「ガラケーだからじゃない？」

春乃はミニトマトを再び箸で挟むことに集中しすぎて、思わずぽつりと言ってしまった。

「えっ……何でそんなこと……」

渚は言いかけて止めた。春乃の視線は摑み損ねたミニトマトに注がれている。

「おい」

はっとして顔を上げると、貴音がそこに立っていた。渚を始めほかの二人も啞然としている。

「何ですか……？」

渚がようやく口を開いた。

「食事中にごめんね。こっちの子に用」

貴音は渚に向けて微笑む。そしてその言葉遣いは意外にも綺麗である。

「私？」

春乃が言うと、貴音はこくりと頷いた。

「ちょっといいか？」

教室の騒めきが最高潮を迎えた。渚も突然のことに唖然としている。

「ここで言って」

「頼みがある。いいから、来てくれ。すぐに終わるから」

貴音はそう言い残して踵を返し、皆に騒がせたことを詫びつつ廊下へ向かった。

「何、何、何、何⁉ 山城君と知り合い？」

渚は慌ただしく連呼して身を乗り出す。

「昨日、長岡先生に転校生が華道の心得があるって聞いて、会いにいったの。断られたけど」

「じゃあ、何だろう。もしかして春乃に一目惚れしたとか？」

「無い、無い。ちょっと行ってくる。ごめんね」

そう答えたものの、春乃も見当が付かない。昨日の誘いを考え直してくれたというのなら、頼みがあるとは言わないだろう。そのようなことを考えながら、春乃も廊下に出た。

「階段のところで」

貴音は首を振って場所を指定した。あまり聞かれたくない話なのかもしれない。少し後ろを歩いているが、貴音は背も高くかなり目立つ。すれ違う生徒たちもどんな取り合わせなんだと振り向いている。

「悪い、あんまり聞かれたくないことだから……折り入って頼みがある」

階段脇、掃除ロッカーを背に貴音は言った。

「何……？」

まさか渚が言ったような話ではないだろうが、あまりに予想が付かず、春乃は身を強張（こわば）らせた。

「勉強を教えてくれ」

「は？」

意味がわからない。いや、言っていることの意味はわかるが、何故それを春乃に頼むかが全く不明である。

「進級が危ないんだとよ」

貴音は髪を掻きむしりながら言った。それで初めて気付いたが、近頃の高校生は整髪料の一つでも付けてセットしているものだが、貴音は全く使っていないらしい。

「補習受けてるでしょ」

「昨日、篠田先生が追いかけてきて、教えてくれたんだ」

確かに昨日、篠田先生は貴音に言い忘れたことがあると言い、慌てた様子で追いかけて行った。

貴音はその時のことを説明し始めた。篠田先生が伝えようとしていたことは、

――この補習を受けるだけでは進級出来ない。

と、いうことらしい。貴音としては補習を受けるだけでよいと思っていたので狼狽えた。篠田先生いわく、この補習は今までに授業を欠席した分、貴音の家の事情を鑑みて、校長先生が提案してくれた救済措置らしい。つまり、これに加えてテストを通過しなければならないというのだ。

——家の事情って何だろう。

複雑な事情があるかもしれず、あまり立ち入って訊くことは出来ないが、そこまで聞いて春乃は首を捻った。その時、丁度同級生が二階から降りてきてこちらに気が付いた。バレー部のエースの山内である。

「お、貴音じゃん」

「おう」

転校して間もないというのに、すでに親しくなっているようだ。

「大塚と一緒？　何、告白？」

山内はこちらに気が付いて冗談っぽく言った。春乃が否定するより早く、貴音が口を開く。

「あり得ねえ」

春乃にも全くその気はないものの、そこまで即答されれば腹が立ってくる。

「なあ、貴音。まじでバレー部に入るの考えてくれよ」

「こいつ運動出来るの？」

春乃はさきほどの仕返しとばかり、少々荒っぽく呼んでみた。

「今日の体育の授業はバレーだったんだけどさ。すげえの何のって。これで未経験者って言うんだから、夏まで練習すれば絶対にものになるぜ」

「ふうん……」

興奮気味に語る山内とは対照的に、春乃は興味なさそうに相槌を打った。

「俺、練習出れそうにないからさ。ほんとごめんな」

貴音は申し訳なさそうに両手を合わせた。山内は渋々といった感じであるが、また気が向いたら見に来てくれと言い残して去っていった。

「友達出来るの早いね」

「男だけな。どこまで話したっけ？」

「補習だけじゃ進級出来ないってところ」

ここまで聞いたが、それがどう自分と関係するのかわからないでいる。

「そうそう。テストが問題なんだよな」

貴音は、以前の学校でも体育、家庭科、古文以外は赤点の山を築いてきたらしい。二年生に上がったのも仮進級のようなものだという。校長先生は貴音の「家の事情」をかなり応援してくれてはいるというが、テストばかりはどうにもならず、一学期のテストの点次第では早くも留年が決まってしまうらしい。

「親父に卒業だけはしろって言われてるのに……まずいんだよ」

貴音は癖であるらしく、また頭を掻きむしった。

「塾に行くか、家庭教師をお願いすれば？」

普通、そう考えるものだろう。春乃の提案に貴音は首を振った。

「夜は仕事があるから塾は無理。幕間だけ来てくれる家庭教師なんていねえだろうしさ」

「まくあい？」

聞き慣れない言葉に春乃は眉を寄せた。

「ああ、こっちの話。とにかく厳しいと思う」

「うーん……休めないの？」

「仕事の方が優先だ」

「じゃあ、お家の方は？」

貴音の家族構成はわからないが、父母、あるいは兄弟がいれば誰か教えてくれないかという意味である。

「そりゃあ無えさ。親父はもちろん、うちの連中はみんな学が無いからね」

貴音の口調が急に変わったものになった。時代劇の江戸っ子のような話し振り。確か伝法口調というのだ。父がそう言っていたのを思い出した。

「連中ってあんた……」

家族をそんなふうに呼ぶ人を初めて見た。先ほどは女子に丁寧に話していたが、どうも一貫性が無い。貴音は咳払いを一つして語り始めた。

「篠田先生は……もちろん私たち教師も手伝いますが、誰か同級生で協力してくれる人にお願いしてはどうかな……ってな」

篠田先生の語り口調を真似ているのだが、かなりクオリティーが高い。声色までそっくりなのだから驚きである。

「物真似上手いね」

「だろう？」

貴音は悪戯っぽく笑った。

「それで？　すでに男子には友達出来たんでしょう？　頼めばいいじゃない」

春乃が花いけバトルのパートナーを募っていることを思えば、勉強を教えてくれる人を見つけるほうが容易いだろう。

「こんなことというのも何だけどよ……」

貴音は少し屈むと、口に手を添えて声を落として続けた。

「出来た友達は運動部ばっかりでさ。さっきの山内みたいに、勉強が苦手な連中ばかりなんだよ」

「なるほどね」

妙に納得してしまった。世の中の運動部員全てがそういう訳ではないことは確かである。ただ、この学校に限って言うと、運動部の面々は部活に明け暮れているせいか、あまり学業の成績が芳しくない。

「そこで、篠田先生から提案があった」

貴音の顔に不満の色が浮かんでいる。

「何？」

「大塚さんに教えて貰うというのはどうだろう……だとよ」

「何で私が――」

ようやくここで自分の名前が飛び出して話が見えてきた。

「お前、全科目、学年五番以内らしいじゃねえか」

貴音は篠田先生から聞いたと付け加えた。

「まあ……うん」

春乃は確かに勉強が出来るほうである。ただそれは相応の努力をしているからに過ぎない。本当に賢い人間は、半分の努力で春乃の上をいっているのも知っていた。どの分野でも努力で超えられない才能というものがあるのだ。香月院流の家元の子息にして、天賦の才を持つ丸小路秋臣など、その最たる例といえよう。

「教えてくれ」

昨日の態度とは一変して、貴音は笑みを作る。

「嫌」

「昨日は言い過ぎた。急いでいたからよ……」

大袈裟だと思っていたが、本当に進級が危ないのだろう。貴音は心底困っている様子である。少し悪い気がしてきて、出来る限り柔らかく謝った。

「私も私で忙しいの。ごめんね」

貴音は息を細く吐いて俯いた。それでも背が高いため、春乃からすれば見上げる恰好になる。やはり百八十センチくらいはあるだろう。意外と睫毛が長く、黒々としていることに気が付く。

「その代わり……昨日の件」

貴音は渋々といった様子で呟くように言った。

「えっ……」

「出てやるよ」

「本当⁉」

春乃は思わず叫んでしまった。その大声は廊下を走り抜け、階段を駆け上がっただろう。二階の手摺から身を乗り出して、何事かと覗く者もいた。

「お、おう……」

貴音は驚いている。自分自身でもこんなに喜ぶとは思っていなかったのだ。貴音がそうなるのも仕方ない。

「ありがとう！」

春乃は嬉しい気持ちが高じ、思わず手を取りそうになってしまった。貴音はどこかぼうとした顔でこちらを見ていたが、我に返ったように言った。

「練習とか……あんの？」

「うん。息を合わせなくちゃならないし」

「あんまり出来ねえかもしれねえぞ？　仕事も勉強もあるし」

「勉強は短時間で詰め込んでみせる。バイトは週何回？　何時から何時？　バイト先はどこ？」

春乃の矢継ぎ早な質問に、貴音は暫し考え込んでいたが、また溜息をつくと項を掻きつつ答えた。

「だからバイトじゃねえって……仕事ってのは家業なんだ」

「あっ、そういうこと。お家の仕事を手伝ってるんだ」

ようやく仕事と大人びた言い方をしていた訳がわかって納得した。

「だからその合間で勉強や練習ってことになると思う。それは勘弁してくれな」

「うんうん。それは仕方ない。私が合わせるから」

「それは助かるけどよ……」

「お店番か何か？」

家の仕事の手伝いと聞かされ、春乃は勝手にそのように想像していた。高校生だから車の免許も無いのだ。いや飲食店で、バイクの免許があれば出前という線もある。

「うーん……」

先ほどから貴音は何やら歯切れが悪い。

「もったいぶらないでよ」

春乃は笑いながら言った。現金なもので先ほどまでの苛立った気持ちはなく、少しからかった程度のつもりである。

「先生にしか言ってねえんだよ」

貴音は嫌そうな顔つきで頬を歪めた。

「私も言わないから」

「わかった」

「当てていい？」

「当たるかよ」

貴音はそれだけは自信があるといったように鼻を鳴らした。

こういう推理は好きなほうである。引っ越して来たということは、父が新たに商売を始めたということか。しかしこれまでの貴音の口振りからすると、随分長いことその商売に携わってきたようではある。つまりお店の場所を移したのだろう。

それに家の都合で華道を学んだと言っていた。

「まさかお花屋さん？」

「はずれ」

自分の祖父が生業にしていたものである。もしそうだったらいいなと思ったが、その淡い期待は打ち砕かれた。

「うーん。じゃあ……」

「おいおい、言いにくくなるじゃねえか。それに俺はまだ弁当も食ってねえんだよ」

　考え込む春乃に、貴音は呆れるように言った。

　そういえば、貴音は夏が終わればまた引っ越すと言っていた。新たな店舗を作り、軌道に乗るまでそこを転々と移動しているのかもしれない。となると多くの店を展開する企業、こう見えて貴音は案外お坊ちゃんなのか。しかしその割には「うちの連中」なんてどうにも品のない口振りも時折見られる。

「もう行くぞ」

　貴音が付き合っていられないと、その場を離れようとした。

「ごめん。何？　教えて」

　春乃が音を上げた時、貴音はすでに歩み始めている。二、三歩進んで足を止め、貴音は首だけで振り返った。

「芝居小屋」

　そう言い残すと、貴音は再び前を向いて去っていった。

　貴音はすれ違った男子と何か言葉を交わしつつ、自身の教室の方へ廊下を歩んでいく。本当に男子にはすぐに馴染(なじ)んだのだろう。一瞬の会話で互いに笑いが生まれ、真っ白な歯がよく目立った。

　――芝居小屋……？

　言葉はもちろんわかる。だが春乃はどうしてもイメージが浮かばず、また別の子に声を掛けて歩く貴音の背を見送っていた。

翌週の火曜の放課後、春乃は貴音と学校の中庭で待ち合わせをした。中庭には華道同好会の部室がある。いや厳密にいえば会室かもしれない。

グラウンドに面したところに、新築のコンクリートの建物があり、運動部を始めほとんどの部が一部屋ずつ部室としてあてがわれている。

しかしそれは全て埋まっており、新興の、しかも会員一人の華道同好会には回ってこない。長岡先生が学校に掛け合ってくれ、中庭にあるおんぼろのプレハブを使えるようにしてくれた。用具入れになっていたのだが、新たに建て直す矢先であったため、許可が出たということである。

花を取り扱うと思いの外床も汚れるもので、活動そのものもこのプレハブで行っている。といってもまともに花を買う予算もなく、春乃は近所の花屋を回って、売り物にならない花を分けて貰っていた。

「すげえぼろいな」

貴音は錆の浮いたプレハブを眺めて呟いた。

「仕方ないの。ちょっと待ってね」

春乃は預かっている鍵で戸を開けようとした。鍵穴も中で歪んでいるのか、開けるには少々こつがいるのだ。

広さは十二畳。昭和の頃のプレハブらしく、床は板張りである。壁の一面にはくすんだ色のスチール棚二つを並べ、その上に花器を並べてある。

「へえ……花器は結構あるな」

貴音は部屋を見回しつつ言った。花器という単語が出てくるあたり、やはり経験者といえる。

「うん。これもいらないものを、少しずつ分けて貰って集めたの」

「棚も？」

スチール棚に貴音は手を添えた。

「学校で使ってないのをね」

「ふうん。大したやる気だな」

この部屋にある他の備品と言えば、勉強机と椅子が三セット、長机が二脚、あとは水色のプラスチックバケツと金バケツが合わせて十個足らず。これだけである。

「剣山は何個かあるみたいだな。オアシスは？」

「やっぱり詳しいね」

「普通だろ」

オアシスとは花をいける際に用いる、緑色の吸水性スポンジのことである。特別華道やフラワーアレンジメントに詳しくなくとも、大人ならば知っていておかしくないが、高校生、ましてや男子で知っている者はほとんどいないはずである。古い洋楽好きの渚などは

オアシスと聞いて、イギリスのロックバンドを連想したようで、

――オアシスも華道をするの？

と、大真面目に訊いてきたのを覚えている。

「お父さんどうだった？」

「勉強なら仕方ねえってさ。あと交換条件で、花の大会に出ることも言っといた」

先週の放課後、今度は春乃から貴音を訪ね、日々の予定について聞いた。貴音は月、水、金、土、そして日曜の夜は「仕事」らしい。つまり火曜と木曜の放課後、日曜の昼間しか時間は取れない。

家業は慢性的な人手不足らしく、今までは裏方仕事も極力手伝っていたらしい。それを一旦止めて、勉強と花に時間を使う許可を取ると言っていた。

「火曜は勉強。木曜はお花。日曜は……」

「日曜もやるのかよ」

「留年してもしらないよ」

「わかったよ」

貴音はめんどくさげに舌打ちした。

「日曜は半々ってことでいい？」

「へいへい。つっても、夕方の四時には支度しねえと、夜の公演に間に合わねえからな」

「ねえ、芝居って……何してるの？」

先週からずっと気に掛かっていたことである。春乃は顔色を窺いつつ訊いた。

「大衆演劇ってやつだよ」

「劇場があるの？」

大衆演劇と言われても、馴染みがないのでよくわからない。しかし旅行先などでそれっぽい劇場を見たことは何度かあった。

「それは箱持ちの一座。うちは流しだ」

貴音いわく大衆演劇の劇団は大きく二つあるという。一つは箱持ちで、自前の劇場を構えて定期的に公演を行うというもの。最初は大変だが、リピーターさえつけば軌道に乗りやすい。大道具などの替えはあるものの、音響や照明もそのまま使えるので楽だという。

もう一つの流しは、自前の劇場や芝居小屋、つまりは箱を持たず、全国各地の劇場、文化会館やホールなどで公演を行うのだという。これの利点は物珍しさで人が興味を持ちやすいという点であるが、それ以上の苦労が付きまとうのだという。

まずは毎回その地域でチケットを売らねばならず、集まらなければ大赤字を出してしまう。そして大道具、小道具、衣装、音響、照明などの全ての機材を持っていかねばならず、大変な手間と労力がかかるらしい。

「へえ。知らなかった」

「大衆演劇の一座は減る一方だからな。残る一座の大半が箱持ち。箱を持ちながら流しをする一座もいるが、うちみたいに流しだけでやっている一座はもうほとんどねえよ」

貴音は椅子を引いて座りながら言った。春乃も同じように座る。

「もっと訊いていい？」

「時間がねえだろう」

「最初だけ。私、あんたのこと何にも知らないんだし。パートナーとしてやってくんだから、少しくらい聞かせてよ」

「へいへい」

貴音は首の後ろで手を組んで、大きな欠伸(あくび)をした。身近にこのような珍しい家業を持っている人はそういない。正直なところ興味がある。

「お父さんが座長なの？」

「ああ。親父が九代目」

「九代目っ――」

驚きのあまり膝(ひざ)を机の裏に打ち付けてしまった。痛がる春乃を、貴音は愉快げに笑った。

「九代目っていつからやってんの……？」

膝小僧をさすりながら訊いた。

「寛保(かんぽう)元年」

「それいつよ」

歴史も決して苦手ではないが、全ての西暦と元号など覚えている訳がない。

「初代が一座を作って二百七十七年らしいぜ。その二代目までは江戸でやっていたけど、三代目からは流しを始めて、そこからずっとそれ一本」

このような一座のうち江戸三座と呼ばれるものが、政府から保護を受けて歌舞伎に発展した。自分の座は軽業から始まり、そんな大層なものではないけれど、歴史だけならばそれに負けない。流石にこの道に詳しいようで、貴音はやや自慢げに話した。

「じゃあ、家はどうしてるの？　ホテル？」

「そんな儲かってるかよ。一応、東京に家がある。東京にいる時はそこ。あとはその地方のマンスリーのアパートを借りて暮らすって感じ。俺を含めて十一人。ホテルなんて使ってたら大赤字だ」

貴音は面倒臭いといいながらも、一々丁寧に教えてくれる。

「うちの連中って一座の人のことだったんだ……」

「そうそう。荒っぽいかもしれねえけど、親父の口癖がうつっちまったからな」

「今度、見に行っていい？」

話を聞いているうちに興味が湧いてきたのである。

「嫌だ。早くやろうぜ」

貴音は鞄に手を入れて支度を始めた。流行り廃りには興味がないのか、ペンケースは茶色の無地。驚いたことに取り出したのが鉛筆である。

「鉛筆なんだ。見ていい？」

「ああ、別に古き良き……何て言うつもりはねえよ。子どもの時から順爺が手で削ってくれるから」

「順爺？」

「八代目からずっと支えてくれてる、うちの古参の大道具」

「すごく綺麗に削ってあるね」

芯はなめらかな曲線を描き、鉛筆削りでは出せないほど尖(とが)っている。

「だろう？　すげえんだよ」

貴音は鉛筆を受け取ると、からりと笑った。それは今まで春乃が見た中で、最も自然なものに思えた。

「どうしたんだよ。やるぞ」

貴音に促されて、春乃もはっと我に返る。

「まず何から？」

「数学。全く訳わかんねえ」

「因数分解はわかる？」

「だから全く……」

「じゃあ高一のところからやったほうがいいね」

こんなこともあろうかと高校一年生の教科書を全て持ってきて、昼休みの間に部室に運んである。その教科書を取り出すと、机の上に開いた。

「まず因数分解は……」

春乃は授業を始めた。時折、貴音は、

「ちょっと待て」

と、止めてさらに詳しい説明を求めるが、それを除いては至って静かである。そもそも集中力はあるようで、中庭から聞こえてくる生徒の声も耳に入っていないようだ。古びてささくれた板床に、プレハブの西側から光が差し込む。春乃の声、鉛筆の動く音が響いていた。

4

「ただいま」

春乃は玄関の扉を開けると、ローファーを脱ぎつつ中へ呼びかけた。

「お帰り。遅かったな」

丁度ネクタイを取ろうとしていた父が、洗面所からひょっこり顔を出した。

「今日は部活で遅くなるって、お母さんに言ってるよ」

「父さんも帰ったばかりだから、聞いてなかったな」

父は少し拗ねたような顔になる。リビングに入ると、母はもう食器を並べているところだった。

「お帰り。もうご飯よ。凌太――!」

母が二階に向けて声を投げると、暫くしてどたどたと弟が階段を降りて来た。

「姉ちゃん、俺より遅いって珍しいな」

弟は毎日部活をしており、大抵は残業の少ない父よりも遅く帰る。今日は春乃も下校時刻のぎりぎりまでいた。弟とそう時間は変わらないだろうが、春乃の学校は駅で四駅離れており、歩いてすぐの中学校の弟よりも遅くなる。

「部活」

「一人で？」

弟の言いかたに僅かな嘲りを感じ、春乃はむっとして言い返した。

「二人」

「えっ……遂に誰か入ってくれたのかよ」

弟は本当に驚いたという様子である。華道同好会が設立されて約一年、これまで一人の会員もいなかったのだからそれも無理はない。

華道部は全国的に減少傾向にあるという。これは長岡先生から聞いた話だが、そもそも華道を学ぶ人口が減っているらしく、毎年数十、数百の流派が姿を消していくというのが現状であるらしい。その状況を打破しようと始められたのが、華道だけでなく、フラワーアレンジメント、ブライダル、花屋など様々な業種からも参加出来る「花いけバトル」という訳である。

客前で花をいけ、今まで関心がなかった人々に少しでも興味を持ってもらおうという取り組みだった。事実、春乃はその高校生大会を見て華道を始めたのだから、効果はあるのではないだろうか。

「仮会員だけどね」

春乃は愛想なく答えて食卓に着いた。

そこに家着に着替えた父も入って来て席に着く。皆の分のご飯を置き終えると、母も席に着いた。皆で揃っていただきますをしたら、弟はまた話を戻した。珍しく興味を示しているようである。

「でも、よかったな。どんな人？」

「どんな人って、ふつ……違うか」

普通と言いかけて口ごもった。明らかに普通の範疇には入らないと思ったのである。弟は早くも唐揚げを頬張って、白いご飯をかっ込んでいる。

「お嬢様とか？」

やはり女と思うのだろう。そして華道の経験者には、確かに良い家柄の人も多い。

「ううん。男」

「え――」

家族三人の声が重なった。まず口を開いたのは母である。

「それはお母さんも聞いてなかったわ」

「うん。言ってなかったしね」

春乃はキャベツにドレッシングをかけながら答える。

「姉ちゃん、彼氏出来たの？」

食欲第一の弟さえも、箸が止まっている。

「何でそうなるのよ」

「だって……男で華道って少ないだろ？　姉ちゃんの頼みを聞いてくれるなんて、彼氏しかいないかなと思って」

「春乃、そうなのか？」

ようやく口を開いた父は、左手に茶碗、右手に唐揚げを挟んだ箸を宙に置いたまま、今にも泣きそうな顔になっている。

「違うって」

「本当に……？」

「しつこい。経験者だったの」

「そうか！」

父は顔をぱあっと明るくし、勢いよく口に唐揚げを放り込んだ。

「心配しなくても、きっと真面目そうな人だって」

弟はそう言いながら、やはり白ご飯を頬張る。弟は唐揚げ一個でご飯一杯はいけると言って憚(はばか)らない。このようなおかずに弟は「強いおかず」と謎(なぞ)の呼称を付けている。

「どうかな？」

春乃は答えてキャベツを口に入れて咀嚼する。脳裏に浮かぶ貴音は真面目とは程遠い。

「だって華道部でもないのに経験者なんだろ？　お坊ちゃんか、なよなよの……」

「勝手なイメージつけないで。凌太みたいな人がいるから、華道やアレンジメントがそんなふうに思われるの」

「へいへい。すみません」

凌太はおどけるように軽口を叩いてまた箸を伸ばした。

「でもよく参加してくれたわね」

母も怪訝そうに言い、早くも空になった弟の茶碗を取って立ち上がった。

「勉強を教える交換条件かな」

「ふうん……華道の経験者って、何か勉強出来そうだけど意外ね」

「お母さんまで。転校が多くて大変らしいの」

そうは言ったものの、自分も少なからずそのようなイメージは持っていた。穏やかで優しく、繊細に違いないと勝手に思い描いていたからこそ、貴音に会って驚きもあったのである。

「お友達なら今度連れてきなさい」

父はすっかり気を取り直したようで、必要以上に快活に言った。母もそれはいいなどと、勝手に話を進めている。

「機会があったらね」

春乃は適当に答えて、弟が狙った唐揚げを横からかっさらった。文句を言う弟を意に介さず、春乃はそれを頬張る。頭ではすでに別のことを考えている。

——どうやって練習をしよう。

と、いうことである。

花を買う予算は無い。たまに花屋などからいらなくなった花を貰っているが、それも毎度という訳にはいかない。まずは大会の様子を知って貰う必要があるし、貴音がどのようにいけるのかも知りたいところである。限られた時間の中で、何をすればいいのか。その方策を頭の中で巡らせつつ、春乃は味噌汁を啜った。

翌々日の木曜日、最後のホームルームが少し長引き、春乃は駆け足で中庭に向かった。自分がいなければ、貴音は勝手に帰ってしまうかもしれないと思ったのだ。プレハブの入口は死角になっており、回り込まねばならない。角を曲がった時、目の前に貴音がプレハブにもたれ掛かって座っていた。

「あ……」

「おう。遅かったな。どうした？　驚いた顔して」

貴音は猫を思わせるような、しなやかな伸びをして立ち上がる。

「ホームルーム長引いたから。私が来ないなら帰っちゃうかと思って……」

「何でだよ。約束だろ」

貴音はさも当然とばかりに言った。家族に怒っておきながら、自分こそ貴音に勝手なイメージを抱いていたことを恥じる。

「ごめん。急に来れない時とか、連絡どうする？」

春乃はプレハブの鍵を差し込んで回した。

「後でメール教えるわ」

貴音は大きな欠伸をしながら待っていたが、鍵を開けるや否や、すぐに戸を開けて中へ入った。

「ねえ、何でスマホじゃないの？」

「何でって、何で？」

貴音は振り返ることもなく、奥へと進んで鞄を置いた。

「今なんてみんなスマホじゃん。アプリ使ったほうが、連絡も早いし、楽だし……」

「そんな頻繁(ひんぱん)に連絡取る相手なんていねえから」

貴音は微かに笑った。その横顔はどこか哀(かな)しそうで、自嘲的なものに思えた。

「そっか」

歯切れの悪い返事になってしまったからか、貴音は気を使ったらしく言葉を重ねた。

「転校ばっかりだろう。その場、その場では友達も出来るし、引っ越しても最初の頃は連絡も取るけど、いつの間にかしなくなっちまうからな。人ってのはやっぱり、同じところに根を下ろしている人同士で固まるもんなんだよ。ましてや高校生なんだからな」

貴音は妙に大人びたことを言った。確かに言う通りかもしれない。小学生の頃、クラス全員に慕われていた希恵（きえ）という女の子がいた。髪を掻き上げる仕草が大人びていて素敵だった。希恵は五年の二学期に静岡に転校することになり、春乃も含めてクラスの皆は、

——絶対忘れないからね。離れても友達だから。春休みにはみんなで集まって遊ぼう。

などと、口々に声を掛けていた。

別に忘れた訳ではない。友達でなくなった訳でもない。春休みもちょっと予定が合わなかっただけだったと思う。だけど繰り返される日常は、徐々に希恵のことを想う時間を削っていった。卒業の時には誰一人として口に出さなかったのがその証拠だろう。

では希恵は裏切られたのか。不幸せだったのか。それは違うと思う。

希恵もまた新たな場所に根を下ろし、新たな友達が出来、春乃たちを想う時間が自然と減っていったのだ。

それは小学生の話だが、高校生でもさして変わらないだろう。放課後にプリクラを撮りに行き、ジュース一杯で何時間もお喋（しゃべ）りし、毎日アプリで連絡を取り、ニコイチ、親友などと言い合う友達ともし遠く離れたとしたら、そのうち何組が大人になるまで友人としていられるか。少なくとも春乃には自信がなかった。

貴音にとってはそれが当たり前のことで、別れこそが日常なのだ。そんなことを考えていると、貴音が目の前で手を振った。

「どした？」

考えていたことを話すと、貴音は口元を綻ばせた。

「生まれた時からそうだからな。慣れた。ただすぐに転校だから、人に借りは作りたくない性分になっちまった」

「だから……」

貴音が何故、花いけバトルに出ることを引き受けてくれたのか、ようやくわかった。

「春乃は勉強を教える。俺は一緒に出る。これで貸し借り無しだ」

胸の奥が急に痛くなった。お前ではなく、唐突に名を呼ばれたからかもしれない。いや、そうではない。貸し借り無しという言葉が妙に胸に突き刺さった。

「何で呼び捨てなのよ」

別に呼ばれても構わない。他にもそう呼ぶ男子は何人かいる。だが今の感情をごまかそうとしたら、その台詞が飛び出してきた。

「まずかったか？　じゃあ、春乃ちゃん」

「気持ち悪い。春乃でいい」

「そっか。俺も貴音でいいぜ」

「うん……わかった」

春乃はこくりと頷く。それと同時に貴音はぱんと手を叩いて、プレハブの中を見回した。

「さて、今日は何をすればいいんだ？」

「予算が無くて、滅多にお花を用意出来ないんだけど……」

そう言って春乃は奥に置いたバケツを取って来た。水を張った中には少量の花が入っている。

学校の近くに「フラワーレイ」という、長岡先生から紹介してもらった夫婦で営んでいる花屋がある。同好会には雀の涙ほどの予算しかないが、昨年の文化祭で作品を展示することになり、訪ねたのが最初であった。たまにそこで売り物にならない花を貰ってくる。あまり頻繁では気が引けるので遠慮しているが、今日は貴音が初めてということもあってお願いした。

「二人分はあるから、いけてみる？」

「やってみるか」

各々が好きな花器を選び、同時に花をいけ始めた。

「いつぶり？」

春乃は鋏を動かしながら訊いた。

「うーん……小学校四、五年以来かな」

「そっか。じゃあ随分久しぶりね」

貴音はバケツの水に浸したまま鋏で茎を切る。しっかりと水切りを知っているあたり、やはり未経験者ではない。

「これを5分でやるんだよな」

「そう。大量の花材の中から選んでね」

「イメージが湧かねえなあ」

「そうそう。あれを借りて来たから」

春乃は手を動かしつつ視線を机にやった。そこにポータブルＤＶＤプレーヤーが置いてある。

「ＤＶＤ？」

「うん。去年の大会を見て貰おうと思って。それが一番雰囲気を摑めると思うし」

「なるほど。わかった。よし、完成」

「わっ、早いね」

貴音はすでにいけ終えた。しかも中々に纏まりがいい。春乃が思った以上の腕であった。

「俺の勝ちだな」

「早さはね。まだ５分には時間がある」

春乃は次々に花をいけていく。最後に取ったのは白い春咲きスイートピーで、まるで白が溶けだしたかのような、透き通った甘い香りがした。目を瞑って鼻先に近づけ、思い切り息を吸い込む。花はその彩りだけでなく、匂いでも人の心を弾ませてくれる。

そっと目を開けていけようとした時、貴音がじっとこちらを見つめているのに気が付いた。

「どしたの？」

「いや……何でもない」

「もう終わるから……はい。完成」

春乃はすうと花器にスイートピーを差し入れた。

「どう？」

春乃は恐る恐る訊いた。

「うん。いいと思う」

「適当。私も貴音の好きだよ」

「そっか。久しぶりの割には出来た」

「じゃあDVD見ようか。西日になると見にくいから電気消すね」

照明の灯り(あか)を落とすと、部屋の中は薄暗くなる。とはいえ顔が見えなくなるほどではない。

二人並んで机に向かって座った。DVDは別に今回のために用意した訳ではない。パートナーを誘うにあたり見せたいと思い、事務局に問い合わせたら丁寧に送ってきてくれたのだ。

「ポップコーンが欲しいな」

DVDを読み込んでいる途中、貴音は悪戯っぽく笑った。

「映画とか行くんだ」

「行く。勉強にもなるからな」

「そうなんだ。でも、売ってないの？」

「貴音のとこの公演は食べ物売ってないの？」

「そうそう」

「うちは巡業メインだから。会館やホールは飲食禁止。たまにOKのところがあって、そんな時は幕の内弁当。古臭いだろ？」

「いいじゃん、幕の内。私は好き。あ、始まる」

　もう何十回も見たが、何度見ても春乃はモニターに釘付けである。音楽が流れ始める。DVDのオープニングはプロモーションビデオのようになっているのである。そこでふと気付いたが、先ほどのように貴音は頬杖をついて、モニターではなく春乃のほうを見ているのだ。

「何？　見てよ」

「おう」

　貴音は素直に机から肘を浮かせ、モニターに視線を移した。二人して流れる映像を見ているうと、春乃の脳裏に何故か先ほどの貴音の哀しげな笑顔が蘇った。

「貴音」

「何……だよ」

「友達になってあげてもいいよ」

「遠慮しとく」

即座に貴音は返した。しかし悪い気はしなかった。薄暗い部屋の中、モニターの光に照らされた貴音の頬が緩んでいたのだ。冗談のつもりらしい。春乃は囁くよりも小さく息を漏らし、その横顔からモニターへ視線を戻した。

映像を見終わっても春乃は何も言わず、貴音の言葉を待った。どのような感想を持ったのか聞いてみたかったのだ。貴音はこちらを見て微笑んだ。

「すげえな」

「でしょう⁉」

初めて見た時、春乃もそんな陳腐な感想しか出なかった。貴音が興奮を抑えているというのが見て取れたから、思わず声が大きくなる。

「だいたいどんなもんかもわかった」

貴音は腕を組んで椅子の背にもたれかかり、春乃はぱたんとポータブルプレーヤーを閉じる。

「出来る？」

「うーん……多分。剣山とかオアシスを使っているチームもいたけど、あれはいいのか？」

「特別に使っちゃ駄目って言われていない時は大丈夫」

「あの鋸とかも？」

昨年の試合の中で、男子高校生が鋸で竹を切り、短く加工して使ったのだ。その映像が流れている時、貴音は顎に指を添えて身を乗り出していた。

「うん。道具は全て参加者の持ち込み。その道具で花を剪定するのも、枝を払うのも、流木を割るのも自由」

会場には常に数十種類の花が用意されているが、切り花だけでなく、枝花、竹、流木などもある。それをそのまま、あるいは加工して使い、5分間で一つの作品を作り上げるというルールである。

「でもさ、加工しちまったら、後の参加者が困るんじゃねぇ？」

貴音は苦笑しつつ訊いた。そんなところに気が回るあたり、案外繊細な性格なのかもしれない。

「皆、当日までにある程度は作戦も立ててくるし、会場にある花材を見て、こんな作品にしようともちろん考える……でも、あくまで即興なの。予定していた花が短く切られても、竹をバラバラにされても文句は言えない」

春乃が一気に解説すると、貴音は小さく二度、三度頷いた。

「つまり即興の寸劇って訳だな」

「良いたとえなの？　それ」

得意顔の貴音に、春乃はすかさず切り返す。

「制限時間5分、何が起こるかわからない即興花バトル……ってことだろ。現に花器をぶっ倒してたやつらもいたしな」

花瓶に竹を挿して高さを出すという表現に挑戦し、終了間際に倒してしまうというチームも映像の中にあった。５分が終わった時点の状態が審査の対象となるため、ほんの数秒前までは美しくいけられていたのに、水浸しの机、散乱した花や竹、転がった花瓶で評価を受けざるを得なかった。

当然ながら結果は惨敗で、チームの二人が号泣していたのが印象的であった。

「大掛かりにいければいけるほど、そのリスクもあるってこと」

「大胆かつ繊細に……か。で、練習の花はどうする？」

「無い」

「え？」

貴音は意味がわからないといった様子で顔をしかめた。

「花は無い。買うお金も無い。今はほぼ出来ることがないの……」

「じゃあ、イメトレか。花器はここにあるものを代用して……」

貴音は音を立てて椅子を動かして立ち上がると、花器が置かれている棚に近づいた。

「うん。でも、あんまり練習にならないかも」

「何で？」

花瓶の一つを手に取り、貴音が振り返る。

「予選は、あらかじめ八種類の花器の写真が送られてくるの。当日、試合ごとにその中から使う花器が決められるって訳」

「じゃあ花器でイメトレも出来ないってことだな」

「花器を似せて作るチームもいるみたい」

「そこまでかよ⁉」

昨年の決勝までいった中には、そこまで準備をするチームもいたと、長岡先生が事務局の人から聞いていた。

「じゃあ、どうする？」

貴音は花器を棚にそっと戻しつつ訊いた。

「デッサンするしかない」

「は？」

勢いよく振り返り、貴音は危(あや)うく花器を落としそうになっている。

「本番前までに一度は花を使った練習が出来るようにするつもり。だからそれまでは色んな作品を見て勉強して、自分が作りたい作品をイメージして絵に起こす」

「うーん。仕方ないか……」

貴音は改めて花器を置いて振り向くと、眉間(みけん)を拳(こぶし)で軽く叩きつつ戻って来た。

「結構、本気で考えてくれてるんだ……」

あれほど嫌がっていた割に、真剣に悩んでくれているのが意外であった。

「俺は負けず嫌いなんだよ。やるからにはな」

「っぽいね」

そちらは何となく予想がつき、春乃は苦笑いを浮かべた。

「それにさ……」

「ん？」

貴音がいつになく真面目な顔つきになって言葉を止めたので、春乃は眉を開いた。

「大会に出てる人ら、すっげえ真剣にやってるのわかったから。こっちも真剣にやらないと失礼だろ？」

思わず息を呑んでしまった。家族や身近な友達、一部の先生を除いて、春乃のやっていることは「遊び」の域を出ないと思われている。中には目立ちたいから参加を決めたと、陰口を叩いている人がいることも知っていた。

それに今まで何人かに映像を見て貰うところまでは漕ぎつけたが、このようなことを言ったのは貴音が初めてだったのだ。

「ありがとう」

そう言うと、貴音は何故か少し動揺したような様子で、さっと背を見せた。

「じゃあ……次からデッサンでいいか？」

「うん。紙と色鉛筆、花辞典は用意しとく」

「日曜は？」

「日曜もって言ったけど、デッサンだけだし、大会近くまでは大丈夫。勉強に充てよう」

「助かる。帰る？」

　貴音は自分の鞄を手に取った。

「そうだね。日曜どこで……」

「ああ、俺ガラケーだけど、メールは出来るから。これ」

　鞄の外ポケットのチャックを開け、紙を取り出して渡してきた。皺くちゃになった紙を開くと、そこにメールアドレスが書いてあった。

「場所決めて連絡するね」

「春乃って家どこ？」

「北千住」

「俺は浅草だから、駅まで行く？」

　貴音はそう言いながら、早くも歩き始めている。

「ごめん。プレーヤーを職員室に返さなくちゃならないから、先に帰っていいよ」

「そか。お疲れさん」

　貴音は鞄を肩に引っかけてプレハブから出て行った。

　DVDを取り出していないことを思い出し、春乃は再びポータブルプレーヤーを開いた。ボタンを押そうと思った時、暗くなったモニターに薄っすら自分が映っていることに気が付く。それは一月前によく見た困り顔ではなく、口元が綻んでいた。ほんの僅かずつでも大会出場に向けて近づいている。それが嬉しくて、自然と笑みが零れるのかもしれない。そんなことを考えながら、春乃は不必要なほど強くボタンを押した。

第二章　青葉の日々

1

次の日曜日、春乃は曳船(ひきふね)駅の改札口の前に立っていた。春乃はポーチからスマホを取り出して、時間を確認した。

「遅いな……」

約束の十時をもう過ぎているが、貴音は一向に姿を現さない。

三日前の木曜日、貴音とＤＶＤを見た日の夜、夕飯を終えると春乃は自室に戻った。貴音から渡された皺(しわ)くちゃの紙を机に置き、スマホを手に取った。

「まぶ……た……のははアットマーク……何これ」

全く意味がわからず、春乃は首を捻(ひね)りながら指を動かした。どういう意味かわかりかねるが、どちらにせよ高校生らしからぬアドレスであることは確かだ。

――お疲れ様。春乃です。日曜日だけど、曳船駅改札口に十時でいいかな？　近くの図書館で勉強が出来るから。

メールを送信すると、机にスマホを置き、春乃はベッドにごろんと横になった。

絵文字も何もないメールである。普段は決してそんなことはないのだが、妙に改まった文章になってしまったことを少し後悔(こうかい)した。

すぐにスマホが鳴り、春乃は勢いよく体を起こして机に手を伸ばした。

――了解。

「愛想の無いメール」

春乃は呟いてスマホを枕元に放り投げた。もう少しくだけたほうがよかったかなどと、思いを巡らせたのがばかばかしくなるほど、相手の返事は素っ気無い。

こうして待ち合わせしたはずだから、もう現れてもおかしくないが、改札の中を見ても貴音の姿は無い。

――電話も出来ないしな。

聞いたのはメールアドレスだけで、電話番号は知らないため、どうしようもなかった。すでにもう着いていることをメールで伝えてあるが、見ていないのか何の音沙汰も無い。忘れているのかもしれない。そうでなくとも寝坊していることも考えられる。約束から15分が過ぎ、春乃が諦めかけた時、呼ぶ声があり振り返った。

「春乃！」

「あっ……」

貴音である。しかも何故か改札の外から、息を軽く弾ませて走ってくるではないか。改札の中ばかり見ていた春乃が気付くはずもない。

「何でそっちから来るのよ」

「悪い。駅を間違えた。何で同じ名前の駅が二つあるんだよ……」

「もう……メール送ったんだから見てよね」

「まじで？　ごめん」

　貴音は慌てて体を捻り、後ろポケットから携帯を取り出す。

　正直なところ、春乃は怒ってなどいなかった。それよりも安堵のほうが遥かに大きい。

「行くよ」

「ほんと、ごめん。俺ほとんど携帯見ないからさ」

「それじゃ携帯の意味ないじゃない。もういいって」

「あ、電話番号教えとくわ。０９０……」

「待って、待って」

　春乃もスマホを取り出して急いで入力を始める。

「それ、最新式？」

「ううん。二年近く前」

「ふうん。うちの連中、ほとんどガラケーだから、わからねえんだよな」

　貴音の番号を登録し終えると、春乃はスマホをポーチにしまった。そこで貴音が少しぼうっとした顔つきで視線を上下に動かしているのに気が付く。

「どうしたの？」

「いや、結構女っぽい恰好するんだなって」

「普通でしょ？」

　チェックのシャツワンピースにTシャツとデニムパンツ。まさしく普通の恰好である。

「ジャージで来るかと思った」

「馬鹿(ばか)。行くよ」

　春乃は言い残してずんずん先を行く。結構急いでいるつもりだが、身長が高い貴音は脚も長く、悠々と追いついて来る。

「どれくらい？」

「10分くらいかな」

「悪い。持つわ」

　肩掛けポーチの他に、布のトートバッグを持っている。教科書や参考書はこっちが持っていくと事前にメールで伝えていたのだ。それに対しての返信もまた、

　――了解。助かる。

と、いった愛想のないものであった。それでももう一言が添えられているだけ、一通目よりましと思うべきか。

　貴音がトートバッグを持ってくれ、二人で図書館を目指して歩く。香り立つほどの新緑の隙間(すきま)を、柔らかな日差しが縫い、道程(みちのり)に揺らぐ光の玉を浮かび上がらせている。

　春乃はふいに訊(き)いた。

「ねえ、何であんなにメールに愛想がないの？　普段は明るい感じなのに」

「文にすると何書いていいかわからねえからさ。要点を短く……な」

　貴音はどうやら春乃を嫌っているという訳ではないらしい。別に嫌われてもいいが、共

に大会を目指すパートナーなのだから、息が合っているに越したことはない。トーナメントを勝ち進んでいけば、二人で一つの作品を作り上げるバトルもあるのだ。

図書館は一番奥の窓際に腰を掛け、教科書を広げた。

「じゃあ、今日は英語ね」

「苦手なんだよな……」

貴音は早くも渋々と言った様子でペンを取った。

「本当は一からやるのがいいけど、あまり時間がないから、テストに出そうなところを重点的にやるね」

「オーケー、先生」

貴音は軽口を叩いて教科書に視線を落とした。

——何とかなりそう。

苦手といった割に、貴音は呑み込みが早い。元々頭の回転は速いほうなのだろう。構造を理解すれば、あっと言う間に応用に転じることも出来る。

2時間ほど経って一区切りした時、春乃は持参したファイルから一枚の紙を取り出した。

「何それ」

目の前に置かれた紙を見て目を丸くした。

「小テスト」

「まじで。作って来てくれたのかよ？　用意いいな……」

「少ない時間で効率的にやるため。始めるよ。制限時間は20分ね。よーい……」

「おお、まじか」

貴音は一度置いたペンを慌てて取り上げる。

「スタート」

筆圧の強い貴音は、紙に彫り込むように字を書く。時々芯が折れ、こめかみを掻きながら問題に向かっている。20分という時はすぐに過ぎ去り、終了を告げると、貴音は椅子にもたれて大きく伸びをした。

「ふう……終わった」

「じゃあ、採点するね」

「きっと満点だぜ。ちょっと席外す」

トイレにでも行くのだろうと、春乃は軽く頷いて赤ペンを手にした。

——やっぱり……呑み込みは早い。

何だか自分まで嬉しくなってきて、ペンを動かす手が躍った。ものの5分ほどで採点は終わった。設問の八割は正解という結果だった。

貴音の喜ぶ顔を想像しながら待っていたが、中々帰って来ない。10分ほど経ち、いくら何でも遅すぎると思い始めた時、丁度貴音が帰って来た。

「遅い。お腹壊したの？」

「ん？　トイレじゃねえよ」

「じゃあ、どこに……」

そこで気が付いた。貴音の手に一冊の本が握られているのだ。

「春乃、見てみろよ。これ」

貴音が嬉々として机に置いた本は、フラワーアレンジメントの写真集である。

「これ……」

「いい本見つけただろ？」

貴音は写真集を開く。国内外の展示会で飾られた、数々のプロの作品が掲載されている。

「凄い――」

思わず大きな声を出しそうになり、貴音は口に人差し指を添えて制した。

「ごめん……でも、これ本当に凄い」

春乃はページを捲りつつ言った。

「折角図書館に来たんだし、何かいい本ないかなと思ってな」

「よく見つけたね」

「司書さんに訊いたんだよ」

貴音は自らの手柄ではないと苦笑した。確かに司書さんの仕事内容には本の提案も含まれているだろう。図書館はよく利用するほうだと思うが、でも春乃はそんなふうに尋ねたことは一度も無かった。何でも自力で解決しようという性分がそうさせたのかもしれない。

「やっぱさ、プロは凄いよな」

貴音はしみじみとしたように呟き、再び席についた。

「どういうこと?」

「こんな感じのありますか? って訊いたらさ、パソコン使うまでもなく、いい本がありますよ……って。本当に本が好きなんだと思う」

「そっか。流石だね」

「きっと花も同じだろうな」

色とりどりの作品が載った本へ、貴音も視線を落とす。

「そうだね。きっといい作品を作ろうと、皆一生懸命……」

「いや、それは当然だけど……」

そこで一度話を止め、貴音は顔を上げた。

「きっとこの人たちが作品を作るまでに、多くの人が花に向き合ってきたんだろうなって」

「え……」

「詳しくはわからねえけど……農家さんもいるだろうし、市場? みたいなところで働いている人もいるだろう? あともちろん、花屋さんとかさ」

貴音の話を聞いて思い出したのは、花屋を営んでいた祖父のことである。

——誰かにとっての大事な瞬間を彩るため。

祖父はそう言って、来る日も来る日も笑顔を絶やさず、花を届け続けた。幼かった春乃はうろ覚えであるが、それでも祖父の手がいつも水に荒れていたのだけは、はっきりと覚えている。

「うん……だからこそ最高に綺麗にいけなくちゃね」

「ああ。やるからには……」

「やってやる。でしょ?」

「……おう」

先を越して言うと、貴音ははにかんだ。

「勉強も、やるからにはやってよね」

春乃はくすりと笑い、答案を目の前に差し出した。

「お、俺凄えじゃん。この分だと楽勝だ」

「調子に乗らないの。間違ったとこ教えるから座って」

「へいへい」

貴音は調子よく答えて席に着く。

一つの答案を、二人首を伸ばして覗き込んでいる。春乃がペンを動かして説明するたび、貴音は小声で相槌を打って首を振った。貴音が正解を書き直している間、その横顔を見つめていた。それに気づき、貴音が気味悪そうに眉を顰めた。

「何だよ?」

「いや、貴音って案外いいやつかもね」

「知ってる」

「馬鹿」

自分でもくだらないやりとりだと思った。でも何故か、それを妙に心地よく感じている自分もいる。根拠は何一つ無いが、この転校生とならきっと上手くいくような気がしてしまう。春乃はそんなことを考えながら、机の教科書をずらして紙面を指差した。

2

今日は「花の日」である。勉強と練習を両立させる中で、二人のあいだでは練習日を自然とそう呼ぶようになった。

「ねえ、そういえば日曜日、間に合った？」

プレハブに入り、荷物を置くと春乃は振り返った。

「大丈夫。駅からは走ったけど」

貴音は欠伸を一つして答える。日曜の夜の公演には貴音も出なければならないらしく、三時くらいには図書館を出て解散となった。大衆芸能の一座とは聞いていたが、今でも春乃にはあまりイメージが湧かない。

「悪い。昼休み寝ちまって……弁当食っていい？」

貴音は鞄から布の四角い包みを取り出す。

「うん。そんなに眠たかったの？」

「昨日の公演で衣装が破けてさ。夜遅くまで縫ってた」

「貴音が？」

「ああ。自分の衣装だしな。百合(ゆり)姉は新作の衣装づくりで忙しいし」

「百合姉？　お姉ちゃんいるの？」

そういえば貴音に兄弟姉妹がいるかどうかは知らなかった。

「俺は一人っ子。百合姉は小道具担当の座員。二十九歳独身」

「いや、そこまで聞いてないけど」

春乃は苦笑しながら、机を向き合うように動かした。

「この弁当も百合姉作」

「ふうん。昼食はいつも買っているのかと思った。日曜日がそうだったから」

日曜日は、昼食を飲食可能な図書館のエントランスで摂(と)った。春乃は母が作ってくれたお弁当を、貴音はコンビニで買ったパンを頬張(ほおば)っていたのである。

「日曜は昼公演があるから。それどころじゃねえんだよ」

「お母さんは？」

「あー、いない」

春乃の手が止まった。何気なく訊いてしまったことを酷(ひど)く後悔した。

「ごめん……」

「俺が四歳の頃の話だから、もう平気」

貴音の様子が変わらないことで、春乃は少し安堵した。話題を変えようとしたが、貴音は本当に気にしていないという調子で言う。

「母さんが花の先生だったんだ」

「へえ！　それでお花を？」

「ってのもあるかな。何となくしか覚えてねえけど」

「そっか……。寂しくなかったの？」

「皆がいたからな」

「座員の人たち？」

「そう。男手一つで育てて……って感じじゃねえもん。親父何かしてくれたかな？」

貴音は視線を上にし、からりと笑って続けた。

「順爺、重さん、晴馬、陽君、百合姉に木津ちゃん。大家族みたいな感じだよ」

「へえ……本当に想像がつかない」

「ちょっと待ってろ。すぐ食べ終わる」

布巾を取り払い、弁当の箱を取り出す。漆塗りの重箱でも飛び出すのではないかと少し思っていたが、弁当箱はどこにでもある普通のものである。

「すごい。綺麗に作ってある」

中身は肉、魚、野菜のバランスが良く、彩りも良い。かなり手慣れた人が作ったものだと一見してわかる。

「百合姉は料理上手だからな。重さんの時は茶一色。肉入れておけばいいだろって感じ」

貴音は早くも白ご飯をかっ込む。

「交代で作ってくれるの？」

「百合姉が多いけど、忙しい時は輪番」

食事中にこれ以上話しかけるのも悪いと思い、春乃は置いた鞄の中に手を入れた。今日は各々がイメージしたイラストを見せ合うことになっているのだ。クリアファイルを取り出し、挟んでいた数枚の紙を机に並べる。５分ほどぼんやりと眺めていると、貴音がぱちんと手を合わせた。

「ごちそう様」

「早っ！」

春乃は吃驚(びっくり)して振り返った。確かに弁当箱は空になっており、貴音は早くも片づけ始めている。

「舞台人は早食いが多いんだよ」

貴音いわく舞台にはトラブルが付きもので、丸一日食事を摂れない時などもざらにあるという。だから食べられる時に食べておかなければならないという発想になり、自(おの)ずと多くの者が早食いになってしまうらしい。食事一つをとっても、やはり春乃には未知の世界に思われた。

「すげえ描いてるな。上手っ……」

貴音は春乃が並べた絵を見て褒めてくれた。別に特別絵が上手という訳ではないが、丁寧に描いたつもりではある。

関東予選は六月。本戦は夏の盛りの八月。当日になるまで、どんな植物が用意されているのかはわからないが、季節の花々はきっとあるだろう。予選ならば紫陽花や芍薬、風鈴草を、本戦ならば向日葵、アンスリウム、瑠璃玉薊など、辞典やネットで季節の花を調べて描き込んだ。

「貴音も描いた？」

「おう。一枚だけど」

貴音は弁当箱を鞄に入れ、代わりに折り畳んだ紙を取り出す。

「え……何これ」

紙を開いて春乃は思わず呟いてしまった。

「駄目だったか？」

「何の花とかは書いてないから」

絵はお世辞にも上手とはいえないし、花も指定されていない。ただ矢印が伸びており、「赤系」「白系」「緑」などが書き込まれている。

「何の花があるのかはわからねえんだろう？　凡そは予想が付くかもしれないけど、それをあれこれ考えても仕方ないかなってな」

「なるほど……」

「これはエモちゃんに聞いたんだけど……」

「誰？」

聞き覚えの無い名前が飛び出したので、話を遮った。

「ああ、順爺の弟子で、百合姉の従兄（いとこ）、元イラストレーター」

「情報が多くて整理が……」

「うちの絵師さん。大道具に背景の絵を描いている。ＯＫ？」

「うん」

ようはそのエモちゃんも、貴音の一座の座員ということである。

「そのエモちゃんいわく、色の組み合わせには引き立て合うものや、殺し合うものってのがあるんだってよ」

「補色ってこと？」

「そう、それ」

貴音は片笑みつつ鞄に手を入れて、一冊の教科書のようなものを取り出した。付箋（ふせん）が張られており、そのページを開く。そこには様々な色が円になっている図が大きく載っていた。

「色相環（しきそうかん）っていうらしい」

この図において正反対に位置する色の組み合わせが補色にあたり、互いの色を引き立てあう効果があるらしい。これを頭に叩き込んで本番に臨んではどうかというのだ。

「いいかも！」

「だろう？」

思わず興奮してしまい、貴音も誇らしげに笑う。

「でも……これ台本？」

花の絵はあるが紙面の二割程度に小さく描かれているのみである。他にはびっしりと文章が書きこまれていた。

「そう。俺なりに考えたけど、これしかないかなって」

貴音は大真面目である。その真意はどこにあるのか。春乃は続く言葉を待った。

「花いけバトルの参加要項をもう一回じっくり読み直したんだ。作品の出来はもちろん、花をいける所作も審査対象になるって書いてあるだろう？」

「うん、確かに。それを総合的に判断して、審査員、お客さんがジャッジするの」

「見せてくれたＤＶＤのバトルで、圧倒的に点差が開いていた勝負があったのを覚えてるか？」

「ああ……あの竹の」

片方が客前で竹を鋸で切るパフォーマンスをした試合である。

「正直、作品にそこまでの差があるように思わなかった。だいたい好き嫌いがあるんだし、あそこまで点差が開くのは、何か訳があるはずだ」

それは春乃も思っていたことである。決勝までくる学校の作品は、どれも素晴らしく甲乙つけがたい。それなのにまれに点差が開く試合があるのだ。

「俺はあの竹を切るパフォーマンスに、観客が惹き付けられたせいじゃないかなって思う」

「うん。かなり派手だったしね」

貴音の分析に春乃も大いに頷けた。

「どんな花があるか当日までわからない以上、作品の構想を練るのにも限界がある」

「さっきも言っていたことだよね」

春乃は宙に視線を預けて相槌を打った。

「でもこの『所作』のほうなら幾らでも……」

「練習できる」

「そう」

二人の視線が合わさり、同時に頷きあった。

「DVD見て凄いって思ったんだけど、何か引っかかることがあって、家に帰ってからもそれが何だったかずっと考えていた……」

「何？」

身を乗り出すように春乃は訊いた。すでに貴音の話に引き込まれつつある。

「舞台の本番で気付いた。そんで台詞が飛んじまって、親父にこっぴどく叱られた」

「ふふ……」

貴音が舞台に立っているのは未だに想像がつかない。だがそんな大事なところでも、頭の片隅に花いけバトルのことを置いてくれていると思うと嬉しかった。

「その時に気が付いたのは、この花いけバトルを舞台の上でやる意味さ」

「え？」

「今まで花に興味がなかった人にも楽しんで欲しいから、運営側は舞台の上で多くの人に見て貰おうとしている訳だろう？」

貴音はいつになく真剣で、身振り手振りを交えながら語った。

「うん。それで私も興味を持った訳だしね」

「じゃあ、出る側は何を考えてる？」

「それは……いい作品を見て貰いたいって……」

「それはみんなが持っている心構えだろう？　じゃあ、これまでそうだったように、展示会でよくないか？」

貴音が何を言いたいのか、朧気ながらわかり始めた。貴音は少し間を置いて細く息を吐いて続けた。

「もう一つ。参加する俺たちが持たなきゃならない覚悟がある」

「それが舞台に上がるということ……」

「ああ。俺はＤＶＤの中で、参加者がお客さんに背を向けているのに、凄い違和感があった。俺が舞台でそんなことすれば、親父に引っ叩かれる」

なるほどと思った。生まれた時から舞台が身近にあった貴音らしい考えである。

「でも花をいけるのを見に来ている訳だし、そこまで……」

「春乃、これだけは譲れねえ」

貴音の声が低くなった。怒っているという訳ではない。言葉の中に何か揺るぎない強さを感じた。

「舞台に上がれば、観客に礼をもって接し、技をもって魅せ、心を届けるように努める。板の上で何をしていてもそれは変わりねえ」

「流石……貴音は舞台でお金を頂いているんだもんね」

自分と同じ十七歳の高校生が、ここまで確固たる信念を持っていることに、春乃は感心してしまっている。

「一円でも頂けば玄人。それは当然だ」

貴音の口調が急に変わり、春乃は唇を結んで頷く。

「だがそれだけじゃない。たとえ無料の見世物でも、観客は時間を掛けて見てくれる。一秒でも頂いたら玄人なんだ。舞台の上で言い訳は出来ねえ」

「うん。わかった」

自分は花をいけることには熱い想いはあったが、舞台で人に見て頂くということをそこまで深く考えてはいなかったと思い知らされた。

「ま、親父の受け売りなんだけどよ」

貴音はそう付け足すと、からりと笑った。その様子がおかしく、春乃も噴き出してしまった。

「何だ。感心して損した」

「でも本当のことだぜ？」

「わかっている。お父さんが凄いんだって」

「ったく……」

貴音はばつが悪そうに頭を掻く。

「で、本題。台本とどう関係するの？」

春乃が話を引き戻すと、貴音は悪戯っ子が何かを企むような表情で身を乗り出した。

貴音の横顔を夕日が照らす。髪はその光を受けても赤く染まることなく、一層黒を際立たせるかのように煌めいている。

「お客さんに楽しんで貰うんだ」

貴音はぽつりと言うと、白い歯を見せた。

3

春乃は駅から自転車を漕いで家を目指した。町にはすでに夕飯の匂いが漂っている。先

に夕飯を食べといてと母に連絡したが、

——待ってるニャでござる。

という、見たこともない侍の恰好をした猫のキャラクターのスタンプで返信があった。

顔が微妙にぶさいくだが、愛嬌があるといえばある。

「何これ」

春乃は苦笑しつつも、あまり待たせては悪いと、いつもよりも急いでペダルを回して家路を急ぐ。

「ただいま！　ごめん、遅くなった！」

玄関を開けるとほぼ同時に帰りを告げた。

「大丈夫。父さんも今、帰ったところだ」

父の返事があったが姿は見えない。春乃が訝しんでいると、続けて父の声がした。

「あ、トイレ」

「トイレから話さないでよ」

「ごめん」

春乃は靴を脱いで上がると、洗面所へ向かった。

「父さん、もう30分以上前に帰ってたぜ」

弟がスマホをいじりながら階段を降りてきた。

「お父さん、ごめんね」

父の返事は無い。トイレから話さないでと言ったのを守っているのだろうか。

「おかえり」

リビングのドアを開けると、母が明るい声で迎えてくれる。

「遅くなってごめんね」

「もう食べられるから、手、洗っておいで」

促されて向かった洗面所で、トイレから出て手を洗おうとしている父と鉢合わせる。

「先に洗っていいぞ。春乃、今日も部活か？」

「うん。そう」

春乃は手を洗いながら答える。

「頑張っているんだな」

「花がないから、あんまりやれることないんだけどね」

春乃はタオルで手を拭きながら、身を捻って洗面台の前を空けた。入れ替わりに父が水で手を濡らした。

「ところで、例の男の子……」

「春乃！　ご飯よそって！」

「はーい！」

父が何かを言いかけていたが、丁度母から声が掛かったので、先に春乃は台所へ向かった。

母を手伝って食事の支度が全て整い、四人そろって食卓を囲む。今日は青椒肉絲の大皿が中央にある。どうやら父の希望らしい。

いただきますと同時に弟の凌太が早くも箸を伸ばす。

「部活どうだった？」

母が掻き卵のスープが入った椀から口を離して訊いてきた。

「順調かな。まだ一回しか花もいけてないけど」

春乃の目の前では凌太が、やはりおかず一口で、大量の白飯を食べている。凌太いわく、青椒肉絲もまた「強いおかず」らしい。

「姉ちゃんが遅いのはやっぱり変な感じだよな」

中学生の凌太のほうが、高校生の春乃に比べ下校時間が早い。サッカーに青春を燃やしている凌太は、本当はもっと練習をしたいと言っているが、こればかりはどうしようもない。代わりに朝は早くから練習に出掛け、土日も部活でほとんど家にいない。

「そういえば、春乃と一緒にでるという……」

父は晩酌のビールを手にしながら言いかけるが、母の声が大きく遮られる。

「花を使わずにどうやって練習してんの？」

「DVDを見たり、イメージ図を描いたり、……今度からは鋸やドリルの使い方も勉強するかな」

「鋸？　大工にでもなんの？」

凌太はけらけらと笑った。

「竹や流木を加工しなきゃならないこともあるから。あんまり鋸とか使ったことないし」

「なるほどね」

弟は適当な感じで相槌を打った。

「鋸は気を付けて扱わなきゃいけないぞ。その男の子は使ったこ……」

「姉ちゃん、日曜自転車使う？」

凌太が思い出したように言い、父は口ごもる。

「うん。そのつもり」

「そっかー、日曜練習のグラウンドちょっと遠いところだから借りようと思ってたんだけど」

母が話題に入り、父はちびちびと青椒肉絲のピーマンを口に入れている。

「春乃、日曜はまた？」

「勉強」

「図書館？　遅くなるなら言ってね」

「大丈夫。夕方には帰るから」

「じゃあ、凌太がきっと最後ね。お父さん、何か言いかけてた？」

母が話を振るが、父は笑みを浮かべながら首を横に振った。大塚家の食卓はいつもこのように賑やかで話題が尽きない。

——貴音の夕飯ってどんなだろ？

春乃はふいにそのようなことを思い、熱いスープに息を吹きかけた。

「あ……」

図書館の入口の張り紙を見て、春乃は口をぽかんと開けた。

「まじかよ。ついてねえな」

貴音は顔を顰めて苦笑する。

——水道管の破裂に伴う修理工事のため、臨時閉館致します。

要約するとそのようなことが書かれていたのだ。

「どうしよう」

「駅まで戻れば、どっか勉強できる店とかあるんじゃね？」

「うーん……最近は結構、勉強お断りの店が多いしね。それに私あんまりお金持ってないよ」

「俺も。八十円くらいしかないわ」

「ちょっと少なすぎない？　それじゃ何も買えない」

「駄菓子なら買える」

「だいたい帰りの電車賃はどうするの？」

「これ借りて来たから」

貴音がポケットから定期入れを出して見せた。中にICカードが入っている。

「百合姉？」

会ったこともない女性だが、何となく貴音の話に登場する人物の中では、最も持っていそうな気がした。

「うちのもんは皆アナログ派。中でも百合姉は超がつくほどのアナログ派。メールも嫌って手紙書くからな」

「ふうん。じゃあ元イラストレーターの……エモちゃんだっけ？」

春乃は次点に予想していた人の名を挙げた。

「よく覚えてんな。残念、順爺」

「順爺……やるね」

順爺は確か七十歳目前と貴音が言っていた。まさかの答えである。

「老眼で小銭が見えにくいんだってよ」

「てか、私たち何してんのよ。どうするか決めなきゃ」

貴音は入口にある茂(しげ)みを手で撫(な)でた。別に意味もないのだろう。

「仕方ねえな……家来る？」

「え——本気で言ってんの⁉」

春乃は大きな声を上げた。図書館の前の道を歩く男の人が怪訝(けげん)そうに振り向く。一体図書館の前で何をしているのかと思っているのだろう。

「だって教えて貰ってるのに、春乃の家でってのも悪いだろ」

「うーん……別にいいけど。今日は皆家にいないから、訊いてみないと」

貴音はそう言うと早くも駅に向かって歩き出す。

「じゃあ、いいよ。うちでやれば」

「いいの？」

「何で？」

足を止めて貴音は首だけで振り返った。

「いや皆お仕事してるんでしょ？　邪魔じゃないかなって」

「ああ、今日は昼公演無しだから」

貴音の説明によると、東京に戻ってきても自前の劇場がある訳ではない。都内や近郊の会館、ホール、あるいは劇場を借りて公演を行うという。このブッキングがなかなか大変らしい。

電話で予約出来るところもあるにはあるらしいが、一年前、六か月前の月初めなどの決められた時に現地まで足を運び、予約しなければならないところが多い。貴音の一座は全国で公演を行っているため、予約するためだけに車で関西に行くなどということは日常茶飯事という。

しかも足を運べばそれでいいという訳ではなく、他の団体と日程がかぶれば、くじ引きで決めるホールもある。今日という日が休みである理由は、半年前にくじ引きで惨敗した結果らしい。

「本当に大変なんだね」

「晴馬、まじくじ運悪いの。五連敗とかざらだもん」

「貴音は？」

「現在、七連勝中。で……行く？」

春乃は少し迷ったが、こくりと頷いてみせた。正直なところ興味もある。

駅から東武スカイツリーラインに乗り、浅草駅で降りる。貴音の話によると歩いて10分少しのところに家はあるらしい。

駅から一歩出ると、浅草の町は休日だからか観光客が多く、町に懐かしさを止めているわりにどこか生活感がない。その人混みを避けるように路地を何度も折れ、下町の雰囲気が漂う細い脇道を行く。

「ここ」

貴音は一軒の家の前でそう無愛想に言った。

「大きい……」

「古いけどな」

木造の二階建て。確かに新しい建物ではないが、代々ここに住んでいたことを窺わせる、都内ではあまりない大きな家である。

「誰も住んでない時もあるの？」

九州、中国、四国、あるいは北海道などの長期巡業の場合、仮住まいになり、貴音もそのたびに転校していると言っていた。つまり空き家になっている時があるということではないか。

「ううん、人手不足だけど、必ず誰かが残る。一応、ここが会社ってことになってんの」

貴音は表札の横にある木製の看板を指差した。そこには「株式会社山城座」と書かれていた。

「ついてきて」

貴音はそう言って敷地に足を踏み入れる。母屋(おもや)とは別に、倉庫のような建物がある。唐突に声が飛んできたのは、そちらのほうからだった。

「あ――」

春乃が驚いて貴音を見ると、苦笑いして小さく舌打ちしている。

「何?」

「勉強って言ってたんじゃねえのか⁉」

歳(とし)は二十二、三といったところか。日焼けをした精悍(せいかん)な顔つきで、頭に白いタオルを巻いている。そして脇に大量の刀を抱えているではないか。

「そうだよ。図書館閉まってたから家でやんの」

「俺は友達と勉強って言うから、てっきり男だと……」

「何も言ってねえし」

「ＪＫじゃねえか‼」

薪のように刀を抱えてのその言葉に、春乃は思わずくすりと笑ってしまった。

「笑った！」

男の人は眉を開く。確かに声が大きい。

「うるせっ。そりゃ笑いもするだろうよ。じゃあ、部屋でするし。夕方には終わるから」

貴音はそう言うと、春乃を中へと促した。

「お邪魔します」

「どうぞ」

玄関は昔ながらの土間というのだろうか。そこで靴を脱ぎながら訊いた。

「あの人は誰？」

「晴馬」

「ああ、あのくじ運の悪い。刀って本物？」

「そんな訳ねえよ。あれは竹光っていって、軽く出来た偽物……スリッパ使って」

貴音はスリッパを取って置いた。廊下、階段もすべて木製で、古民家のような造りである。貴音は一階の部屋の扉を少し開けて中を覗くと、すぐに閉めて春乃の目の前にある広めの階段を上ろうとする。

「ご挨拶したほうが……手土産も何もないけど……」

「いいよ。寝てる。珍しく昼の公演ないから」

「そっか」

貴音の後に続いて二階に上がる。二階も広く幾つかの部屋がある。貴音はその一番奥の扉を開けた。

「あ、普通」

貴音の部屋はいわゆるごく普通の男子高校生の部屋である。といってもイメージだけで、男の人の部屋に入ったことなどない。

「普通って。どんなの想像してたんだよ」

「何か、着物が掛けてあって、団扇とか、何か時代劇の笠みたいのとか……」

「いや、江戸時代じゃねえんだから」

貴音は呆れたように言うと、座卓の前に低反発の薄いクッションを置く。

「座布団じゃないんだ」

「しつこい。何か飲み物とってくるわ」

貴音はそう言い残すと部屋から出て行った。春乃はクッションの上に座る。

あまりじろじろと見てはいけないと思いつつも、やはり見てしまう。勉強机にシングルベッド、カラーボックスには漫画、アルミフレームの棚にはバイクのプラモデルが飾ってある。

「お待たせ。オレンジジュースでいい?」

貴音は肘で扉を押して入って来た。

「うん。ありがとう」

「お茶しかないと思ったら、晴馬のオレンジジュース見つけた」

貴音は白い歯を見せつつ、ペットボトルのままのオレンジジュースを置く。確かに容器の側面にマジックで「晴」と書いてある。

「勝手にいいの？」

「いいの。買ったこと忘れてるもん」

貴音はコップに入れたお茶。それをちびりと飲んで言った。

「バイク好きなの？」

「ああ。免許もあるし」

「え？　うち校則で禁止だよ」

「前のとこよかったからな。ばれないだろ」

「じゃあ……始める？」

春乃は鞄から教科書を取り出した。

「よし。今日は数学だっけ」

貴音も鞄を探る。ペンケースを探しているようだが見当たらないらしい。

「危ね。机に忘れてた」

「もう……」

貴音は立ち上がって机の上に置いてあったペンケースを取った。そして振り返ったところで、何故か扉のほうを見つめて動かなくなる。

「何してんだよ」

「え？」

「春乃じゃない。皆」

振り返ると扉が少し開いていて、こちらを覗いている人。いや人たちがいた。春乃はこれに似たものに見覚えがあった。なるほど、小学校のグラウンドにあったトーテムポールである。

貴音は扉を勢いよく開けると、しらっとした目で皆を見つめる。

「何？」

「いや、ＪＫが来たから……」

これは先ほど玄関で見た晴馬である。違うところといえば先ほど巻いていたタオルを取っており、金髪が顕わになっているところか。

「さっき会ったよな。晴馬。うちの役者」

貴音は半身を開いて春乃に紹介する。

「ども。晴馬です。二十一歳です。お邪魔しています」

晴馬は眉を開いて笑った。

「訊いてねえよ。次」

貴音は爪先をぱたぱたと動かして言った。どうやら下から順番に名乗るというシステムが確立したらしい。次は下から二段目の女の子。目が団栗のように円らで可愛らしい。春乃と歳はそう変わらないのではないか。

「木津です。役者、衣装、両方とも見習いです。あとメイクも担当しています。二十歳です」

「何これ。皆年齢言うの？　まあいいや。次……お願いします」

貴音は呆れつつも、次には少々敬意を払ったように言う。下から三段目、つまり中央になる。色が白く鼻筋の通った美形、意志の強そうな目が印象的な大人の女性である。

「どうも！　百合です」

「あ、百合姉」

「え？　知ってるの？　貴音に聞いたんだ。どうせ悪口言ってたんでしょ」

百合姉は目だけを動かしてじろりと貴音を睨む。

「いえ、貴音は褒めていました」

記憶は曖昧だが、そう答えておいたほうがいいのは確かである。

「そうなんだ。偉い。えーと、衣装、小道具を担当してるけど、事務とか、役者もやります。うちみたいな小さな所帯じゃ何でもやるんだけどね」

「年齢言わねえのかよ」

貴音がぼそりと零した。

「別にいいじゃない」

「あ……ごめんなさい。前に聞いちゃった」

思わず春乃が言ってしまい、百合姉は先ほどより鋭く貴音を睨みつけた。

「てめえ」

「百合姉、口悪いって。じゃあ……次ね」

貴音は普通に進行しているが、改めて考えるとかなり珍妙な光景である。だが皆、素直に応じているから面白い。

「重山源太（しげやまげんた）。重さんと呼ばれています。PAの担当です。四十歳です」

四十歳の大人が大真面目に答えるから春乃も噴き出してしまった。

「PAって……？」

「ああ……音響だな」

「あの格好いいやつですね。よろしくお願いします」

春乃がそう言うと、重さんは顔を赤らめた。

「重さん、照れてる」

「うるせえ。イヤモニで大音量出すぞ」

「いやうちイヤモニ無（ね）えし。次……」

春乃にはわからない用語でやり取りし、貴音は次を促す。これで最後。最上段、トーテムポールでいうところの「王様」に当たる。王様は咳払（せきばら）いをして名乗り始めた。

「えーと、山城義一。四十五歳。一応、座長やらせて貰っています」

「山城……座長……って」

貴音はドアノブを摑んだまま、もう一方の手で頭を掻きむしった。

「親父」

「お、お父さん!?」

「あ、貴音の親父もやらせて貰っています」

義一はそういうと、照れ臭そうに笑った。その笑顔は貴音にそっくり、いや貴音が義一にそっくりである。

「以上、紹介終わり。ほら、帰った、帰った」

貴音がドアを閉めようとすると、トーテムポールが崩れて、百合姉が扉をばんと止めた。

「春乃ちゃん」

「はい……」

「貴音と付き合ってんの？」

唐突な質問に春乃は思わず言葉を詰まらせてしまった。

「な訳ねーだろ。言っただろう。勉強を教えて貰う代わりに、花の大会に出るって」

「あーだよね。貴音に彼女なんて出来るはずないもん」

百合姉は頭を抱えて溜息をついた。重さんは目を瞑って二度、三度頷き、木津は苦笑いを浮かべる。晴馬はというと、危ない危ないとよくわからないことを呟いていた。

「これで名門山城座も安泰かと思ったのに」

義一は眉を八の字にして残念そうに首を横に振った。

「別にそんな名門でもねえだろう」

「馬鹿を言え。山城座の興りは寛保元年。初代彦右衛門様が立ち上げられて一代で形を作り……」

「何度も聞いたよ。じゃあな」

演説を最後まで聞かずに貴音はドアを閉めようとしたが、義一はそうはさせまいと手で押さえた。

「二代彦弥様の時に、一時女のことで身を持ち崩しそうになるものの、三代……」

「皆揃って、何してんの？」

皆の後ろに男の人が立っている。貴音に負けず背が高い。きりっとした眉が特徴的で、目鼻の整った顔をしている。百合姉が簡単に説明すると、男の人は頰に小さな笑窪を作り、苦笑いを浮かべた。

「つまり皆して勉強の邪魔をしてる訳ね。貴音、皆を連れてくわ」

「助かる」

貴音がそう言うと、男の人はまだ話したりなさそうな義一を説得してドアを閉めさせた。

「貴音、夜の公演までの支度は気にするな。こっちでやっておく！」

ドアの向こうから義一の声が聞こえる。

「春乃ちゃん、よろしくねー。ごゆっくり！」

これは百合姉の声である。そして複数の階段を降りていく足音が響いた。この数分間で随分と疲れたのだろう。貴音は大きな溜息をついた。

「最後の……人は？」

「あれは陽君」

名は沖田陽介で二十四歳。山城座の役者の一人で、エース的な存在だと貴音は説明した。

「まあ、こんな感じ」

貴音は苦笑しつつようやくドアから離れた。

「すごいね……」

「強烈だろ」

貴音はそう言うものの心底嫌がっている訳ではなさそうである。その証拠に少しばかり口元が緩んでいた。

「羨ましい。大家族みたいで」

「まだあれで全員じゃねえんだぜ？　大変だって」

「皆さんここに住んでいるの？」

「ううん。重さんは結婚して東京に家族がいる。木津ちゃんも関東公演の時は実家に帰る。百合姉、晴馬、陽君なんかは住み込み」

貴音は説明しながら、春乃に改めてクッションを差し出すと、自身も向かい側に置いてそっちに座った。

「ありがと。重さんの家族は大変だ」

春乃も腰を下ろしながら言った。

「この稼業を選んだら仕方ねえよ。奥さんも理解して一緒になってくれてる」

貴音はペンケースから鉛筆と消しゴムを取り出して、ぽつんと言った。

「千夏は可哀そうだけど」

「千夏？」

「今年小学校に入った重さんの娘。一年の半分以上、お父さんがいないからな」

「そうだよね。貴音みたいに転校ばっかりも困るし……」

「まあ俺は慣れたけど。じゃあ、頼むわ」

慣れたというが、やはりこの話題になると貴音は少し哀しそうな目になる。それに気づかぬふりをして、春乃は数学の教科書を開いた。

十二時を過ぎた頃、再びドアがノックされた。貴音がぶっきらぼうに返事をし、ゆっくりとドアが開く。立っていたのは百合姉である。

「お、頑張ってるね。ご飯出来たよ」

「了解」

貴音は最後の設問を鉛筆で小突きながら答える。

「春乃ちゃんも食べるでしょ？」

「え、いいんですか？」

「チャーハンアレルギーとかないよね？」

「そんなんある訳ねえだろ。よし、出来た」

貴音は鼻で笑いながら、答えを書き込んだ。

「採点は後にしよっか」

折角、呼びに来てくれたのに待たせるのは悪いと思い、春乃はそう提案した。貴音もすぐに席を立ち、下に案内する。客間、居間、仏間と全てが和室で、仕切りの襖が開け放たれている。田舎のほうではよくあるが、東京でこの構造の家はもう少ないだろう。そこに長い卓が二つ並び、皆先に食事を始めていた。

「春乃ちゃん、支度をしなきゃならないから、先に食べさせて貰っているよ」

義一はスプーンを止めて拝むようにした。こちらがよばれる立場なのだから恐縮する。

「ご馳走になります」

「春乃ちゃん、そこ座って」

百合姉がフライパンから皿にチャーハンを盛りつけながら言った。台所の三ツ口コンロ全てにフライパンが載っており、すでに一つは空になっている。木津が貴音と春乃の席までチャーハンを運んできてくれた。

「失礼します」

春乃の両脇は貴音と陽介である。陽介の向かいに座っていた晴馬がごんと自分の額を叩く。

「まじか……陽兄、席を代わってくれ」

「何でだよ。面倒だろ」

「俺もＪＫの隣で飯が食いたい。じゃあ貴音、代われ」

「いただきます。春乃も食べろよ」

貴音はまるで聞こえないようにスプーンを握り、晴馬は顔を顰めて茶を呑み干した。

「貴音の友達か？」

程よく錆(さ)びた声で言われて気付いたが、先ほど部屋に来なかった人が卓に座っている。

髪は白と黒が入り混じって銀色に見え、口辺に深い皺が刻まれている。明らかにこの中で一番の年長者であった。

「そう。えーと……」

貴音が手を宙に滑らせて紹介しようとする。

「順爺さん？」

「正解」

また思わず口を衝(つ)いて出てしまった。順爺は小さな目を瞬(またた)かせて口をちょっと尖(とが)らせた。

「順爺でいいよ。春乃ちゃんだね。よろしく」

「はい。お話は色々聞かせて頂いています。鉛筆も見せて貰いました」

「儂(わし)の家は貧乏(びんぼう)で鉛筆削りも買って貰えなかったからね。だからそんなことばかりが上手くなり、こうして……」

順爺は苦笑しながらスプーンを宙で止めた。

「順爺、春乃ちゃん食べられないでしょ？」

ようやく百合姉、木津ちゃんも席に着く。

「百合、この焼き飯ちと薄くないか？　ソースを……」

「駄目。塩分控えめ」

順爺も百合姉にはすぐにやり込められてしまう。春乃もようやく手を合わせて口にした。

「美味しいです」

「でしょ？　順爺の好みが濃すぎるの」

百合姉もぱくっと頬張って笑う。張りのある大人の笑顔である。

「ご馳走様」

「ご馳走さん」

「俺はおかわり」

陽介、義一、晴馬の順に次々と平らげた。晴馬は皿を持って台所に向かう。

「な、早いだろ？」

「うん……」

そう言う貴音もすでに半分を食べており、何と木津に至っては三分の二を超えていた。

「木津、残ったら食べておいて」

「はあい」

三つ年上だが木津は春乃と同い年か、下手すれば年下にも見えそうなくらい可愛らしい。

「木津、馬鹿ほど食うから。五合くらいは軽いよな？」

「多分、一升もいけるかな」

「五合って、あんたそんな爺臭い話し方じゃもてないよ」

「木津、恵本は直入りだから、弁当箱に入れてやってくれ」

貴音は訊き、木津が答え、百合姉が突っ込み、順爺が頼む。とにかく忙しなく春乃はとてもついていけない。

「晴馬、食ったら積み込みな」

「おう！」

陽介が言い、晴馬がチャーハンをかっ込む。その間に木津は完食して弁当箱に詰め始めた。

「恵本ってのが、エモちゃんね。今、来月の公演の申請で消防署に行ってくれてる」

「消防署？」

春乃はようやく半分を食べたところである。

「スモーク使う時は所轄の消防署に申請がいるんだ。消防法ってやつ」

「へえ……」

「ご馳走様、春乃ちゃんはゆっくり食べてね」

晴馬は皿を持って流し込むように食べると立ち上がった。

「優しいこと」

百合姉が横目で見てちくりと言う。

「俺高校行ってねえから、こんなに近くでJ……」

「晴馬！」

「おう！」

陽介に呼ばれて、晴馬は額をぴしりと叩いてどこかへどたどたと消えた。

「春乃ちゃん、忙しなくてごめんね。いつもうちはこんななの」

「いえ、楽しいです」

圧倒されていたのも事実だが嘘（うそ）ではない。まるで仲の良い大家族を見ているようで楽しくなってくる。

「食べたら再開な。俺も三時がぎりぎりだし」

貴音はそう言って台所にお皿を運ぶ。弟の凌太などはそのままにするのでそれが意外であった。

「春乃ちゃん」

丁度最後の一口を食べ終わった時、義一が戸を開いて戻って来た。

「貴音の勉強見てくれて本当にありがとう」

義一は春乃の前に座ると、改まった口調で頭を下げたので、春乃は両手を宙で振った。

「そんな——交換条件ていうか何ていうか……」

「春乃、上戻るぞ」

貴音がさっと春乃の皿を引いてくれる。

「貴音、先に上に行ってろ」

「何でだよ」

「いいから行け」

義一の声が低くなり、貴音も渋々といった様子で上がっていった。一体何の話をされるのだろうと緊張したが、義一は首の後ろに手を回して苦笑する。

「あいつが家に誰か連れて来るなんて初めてだから、皆舞い上がっちまって申し訳ない」

「ねえ、びっくりした」

百合姉も義一に同調して眉を開く。

「初めてなんだ……」

「聞いたかもしれないけど、あいつ転校ばっかりでさ。なかなか友達も出来ねえみたいなんだよ」

「はい、貴音から聞きました」

「ここに残って、同じ学校に通っていいって言ってるんだけどな」

「そうなんですか？」

てっきり貴音は仕方なく巡業に付き合っているものと思っていた。

「今じゃあいつは、陽介と人気を二分する役者。確かに欠くと厳しいが、それでも……なあ？」

義一が百合姉に振る。木津は片づけが終わったようで、会釈をして裏へ向かって行った。

百合姉も大きな溜息をついて横に座った。

「座長はいつも普通の学校生活を送って、それからでも遅くないって」

「あいつはあいつなりに、志乃のこととか、色々考えているんだろうがな……」

義一は片方の口角をきゅっと上げて唸った。

「志乃……」

座員の名はあらかた聞いたはずだが、聞き慣れない名である。

「あいつの母親さ」

「確か華道の先生をなさっていた…」

「ああ、お嬢だったのに、家を捨てて俺なんかとね……」

貴音の母の実家は名の知れた良家だったらしい。たまたま友人に連れられて山城座を見に来て、出口挨拶の時に義一が一目惚れしたのが始まりだという。志乃は家出同然で義一と一緒になった。

その頃は映画、テレビが全盛で、芝居を見に来る客も少なくなり、山城座始まって以来の危機であった。志乃さんは座員を食べさせる助けになればと、華道教室を開いていたらしい。

「あいつの初披露目の三か月後、病気で逝っちまった。貴音が四歳の時さ」

義一はしんみりとして肩を落とした。志乃は舞台に上がった貴音を、それは嬉しそうに見ていたという。

「山城座始まって以来の名役者になるわ。あなたはすぐ抜かれちゃう……って、痩けた白い頬を震わせてね」

貴音が舞台に上がり続けるのは、そんな亡き母の想いに応えようとしているからで、義一はもちろん、山城座の皆も口には出さないがわかっているという。

そこでふと疑問が浮かんだ。お母さんが四歳の時に亡くなったならば、貴音はどうして華道の経験があるのかということだ。

「今はもう結婚されて一座から身を引かれたんだけど、由紀子さんていう衣装の方がいてね。私の師匠みたいな人。その人が志乃さんのお弟子さんだったの」

貴音は小学校の頃、その由紀子に華道を教えてくれと申し出たらしい。由紀子は貴音が中学一年生の時に、旦那さんの故郷である北海道に嫁いでいったという。

「貴音が華道を始めたのも、少しでも志乃さんの面影を感じようとしたのかもね。志乃さんがいける前の仕草もよく真似ていたし……」

「仕草？」

百合姉は目を瞑って手を鼻に近づけた。

「こうやって、目を閉じて花の香りを吸い込む仕草」

「あ……私もよくします」

「そうなんだ。もしかしたら、それで……」

　百合姉も先ほどまでの快活さは消えている。貴音のことを本当の弟のように思っている。

春乃にはそう感じられた。

「でも……何で会ったばかりの私にそんな大事な話を……？」

「あんなに楽しそうな貴音、初めてみたからさ」

「最初は花いけバトルにあんまり乗り気じゃなかったようですけど、今は色々と凄く真剣に考えてくれてて……」

「いや、そうじゃなくてね。ありゃあ、まるで昔の俺を見ているようだ」

　義一はにんまりと笑い、百合姉も噴き出しそうになっている。春乃は意味がわからずに首を捻ったが、義一はそこで頰を引き締めて改めて深々と礼をした。

「とにかく貴音をよろしくお願いします」

「だからやめて下さい……本当に」

「俺たちは公演があるから見にはいってやれないだろうけど、全国大会までいってくれよな」

「はい。貴音君もやるからには優勝するって言っています」

「あいつらしいや」

　義一は乾いたような笑いを浮かべ、自分の膝を丁と打った。

「多分、貴音がそろそろ怒り出すよ」

百合姉がちらりと廊下に続く戸を見た。

「そうだ。春乃ちゃん、今日の夜は何か予定があるかい？」

「いえ、特に。家に帰るだけです」

「親御さんに許しを貰わなくちゃならねえが……」

義一は天井のほうに視線をやると、身を乗り出して春乃の耳元でそっと囁（ささや）いた。

4

三時になると貴音は公演の会場に向かわねばならなかった。

「悪いな。行かなくちゃ。駅まで木津ちゃんが送ってくれるから」

貴音は片手で拝むようにして、迎えに来た晴馬の車に飛び乗っていった。

「じゃあ、私たちも行きましょうか」

春乃が軽自動車に乗り込むと、木津は不敵に笑った。

こうして、春乃は開場10分前の観客席に座っているのだ。満席とはいかないけれど、七割くらいは埋まっていた。客層は年配の、それも女性が多い。空いていた隣の席に来たのもやはり六十前後の肥（こ）えたおばさんで、仲間と共に四人で来たらしい。おばさんは大きな体を横にして席の近くまで来ると、座る前に春乃を見つけて軽く驚いた。

「あら、珍しい。こんなに若い子がいるなんて。ねえ、富江さん。若い子よ」

さらに一つ向こうの席に座るであろう、これも年配の女性に振る。

「本当ね。嬉しいことね。ねえ……」

こうして最後尾の四人目まで伝言ゲームのように伝わっていく。会釈する春乃に対し、おばさんは席に座るとなおも話しかけてきた。

「お一人？」

「はい。一人で来ました」

「まあ、それは熱心。あなたはどなたのファン？　四代目甚助？　それともやっぱり八代目彦弥？」

例の古めかしい名前が飛び出した。歌舞伎のように襲名があるのだろうか。エントランスにパンフレットもあったが、折角見るのだから真っ新な状態で見たいと、敢えて取らないようにした。

「初めてなんです」

「え、そうなの。一人で来るくらいだから、おばさんたちみたいな追っかけかと思っちゃった。何でまた今日は？」

おばさんは矢継ぎ早に質問を重ねる。

「知人に誘われて……ですかね」

「そのお友達は？」

「急に来られなくなって」

まもなく出て来る予定だというのも気恥ずかしく、春乃はそう言い繕った。その時、会場のベルが鳴る。前回の勉強の時、このベルについて以前から思っていた疑問を貴音にぶつけてみた。何故二回鳴るのかということである。

――一回目が一ベル。エントランスやトイレにいる人にそろそろですよって報せるんだ。二回目が幕の開く合図の本ベル。

と、教えてくれていた。一回目の「一ベル」は先ほど鳴っていた。つまりいよいよ始まるということだ。客席の照明が落ちる。ゆっくりと緞帳が上がっていく。拍手に包まれる会場の中、春乃は期待に胸を膨らませて、舞台の上をじっと見つめた。

舞台の上には江戸の町並みであろうか、丁寧な背景が描かれた板が立てられ、生の草木も上手から突き出すようにして茂みを演出してある。

――晴馬さん？

ちょん髷に着物姿の男が一人。顔には白粉が塗られているが、特徴的な円い大きな目のおかげですぐに判った。これがあの晴馬なのだ。

次にまた同じような恰好の男が二人、これは春乃の知らない人である。他に仕事を持っており、現地に集合する座員もいるらしいことを聞いていたので、おそらくその人たちではなかろうか。何やら揉めている。晴馬が二人の親分を殺したという流れのようだ。

次にまた新たに一人、舞台の下手から男が出て来た。すらりと背が高く、大きな笠を被っている。白粉が映える美男子といったところである。それと同時に、会場から一斉に、先ほどとは比べ物にならない拍手と喝采が巻き起こった。

「あ、貴音」

　春乃が思わず口に出してしまったから、横のおばさんがこちらをちらりと見た。

「貴音？　あれが八代目彦弥だよ。山城座の一番人気」

　確かあの恰好は股旅というはずである。様々な時代劇の恰好をしている「猫のゆるキャラ」がいるため知っている。舞台上の貴音が、ここまで甘く香るような笑みを浮かべ、観客から感嘆の声が漏れた。

「手前ら、のぼせあがるのもいい加減にしやがれ！」

　貴音が啖呵を切り、晴馬を助けようと間に入る。もう観客の目が貴音に釘付けになっている。横のおばさんも決して舞台からは視線を外さないまま、そっと横に体を傾けて耳打ちした。

「大衆演劇の一座は多いけど、山城座は別格。本当に演技も上手で、男前揃いなの」

　確かに貴音の演技は上手かった。舞台では刀を抜いてちゃんばらが始まるが、本当に斬り合っているようにしか見えないほど動きが速い。さらに男の薙ぎ払った刀を、貴音は何とバック転をして躱した。そこで観客のボルテージはもう一段階上がる。春乃は息を呑んで見ていたのに、ここでまたおせっかいおばさんの解説が入る。

「山城座は元々、軽業っていうサーカスみたいなことをしていた一座なの。だから今でもああやって、アクロバティックな動きを取り入れているのよ」

「へえ……」

　貴音の運動神経のよさに驚くばかりで、生返事になってしまった。物語はどんどん進み、次第に春乃の見知った人たちも登場する。木津は貴音の妹役のようだし、義一は「水熊」という料理茶屋を乗っ取ろうとしているならず者役、遂には百合姉が貴音の生き別れの母役で登場した。小さな座だから一応の役割はあるが、皆役者もやると百合姉が言っていたのを思い出す。

　物語はどうやら貴音が務める役、番場の忠太郎が各地でトラブルに巻き込まれながら、生き別れの母を捜すという筋である。百合姉は実の母らしいが、木津演じる娘に遠慮して知らぬ存ぜぬを決め込み、貴音こと忠太郎を冷たくあしらっていた。その母の料理茶屋「水熊」を乗っ取ろうとする義一は、貴音が邪魔をしにきたものと勘違いし、後を付け狙う。

　物語は佳境に入り、陽介が登場した。こちらにも貴音が出た時のような、割れんばかりの歓声が飛ぶ。陽介は鳥羽田要助という、貴音を仕留めるために雇われたニヒルな侍役。おばさんたちの掛ける声から察するに、どうやら陽介さんが四代目甚助の正体らしい。

　最後に貴音と陽介の激しい斬り合いが行われる。舞台全体を所狭しと使い、激しいアクションが繰り広げられる。陽介の刀が貴音の鼻先を掠めると、贋物だとわかっていながら片目を瞑ってしまう。春乃はいつの間にか心の中で貴音に声援を送っていた。

最後には貴音が陽介を斬り倒し、黒幕の義一が襲い掛かるのを返り討ちにする。そしてやはり実の息子を見捨てられず、貴音を捜しに来た百合姉、木津が名を呼ぶが、貴音は茂みに隠れてやり過ごし、姿が消えたのを確認すると反対方向へと去っていく。

「俺は……こう上下の瞼（まぶた）を合わせ、じっと考えていりゃ、逢（あ）えねえおっ母さんの面影が浮かぶんだ……それでいいんだ。逢いたくなったら俺は、眼（め）を瞑ろうよ」

貴音の長台詞が決まり、緞帳が下がり始めると、万雷の拍手が惜（お）しみなく送られた。圧倒されていた春乃だが、ふと我に返り、初めてこちらから隣のおばさんに話しかける。

「あの……」

「よかったわよね。本当に恰好よかった」

感激しているところ悪いと思いながら、春乃は尋ねた。

「この演目って何て言うんですか？」

「これはね『瞼の母』。八代目彦弥の十八番（おはこ）よ」

「瞼の母……」

最後の長台詞、春乃は目を離すことが出来なかった。決して涙を流している訳ではない。それでも貴音が泣いているような気がしたのだ。

今一度、緞帳が上がり一人ずつキャストが紹介される。いわゆるカーテンコールに相当するものである。このあと出口挨拶に行くということを言い添え、義一は再び観客に向けて礼を述べた。春乃はその時にはすでに席を立っている。内緒で来ているということもある。最初は公演が終わった後に姿を現し、実は見ていたと貴音の驚く顔を見てやろうと思っていた。

だが何故だかそのような気にはなれなかった。厳密に言えば掛ける言葉が思い浮かばなかったのである。入口でもぎりを担当していたスタッフに会釈し、他のお客さんより一足先にホールを出た。外はすっかり暗くなっている。月明りがホール前のタイルに淡い光沢を与えていた。

駅まではそう遠くない。春乃は一人歩き始めた。胸の辺りが先ほどよりずっとざわついている。これが一体どういう種類の感情なのか、春乃にもよくわからない。

途中、「八代目彦弥」の素顔を私は知っているという恥ずかしい優越感も感じていた。しかしそれは束の間で、少しは貴音のことを知ったつもりだったのに、何も知らずに偉そうな顔をしている自分に辟易としたのかもしれない。色んなことを考えてしまうほど、舞台の貴音が輝いて見えた。

思い切り息を吸いこむ。夜に冷やされた青葉の香りがする。夏はもうそこまで来ている。

5

四日後の木曜日、今日は花いけの練習日である。

貴音が新演目の練習で立て込んでいるらしく、火曜日の勉強会は中止となった。結果、舞台を見に行った日から、四日が経ってしまっていた。そのせいか、どこか貴音と話をするのに緊張している。

日曜日は、何も言わずに帰ったことを後悔し、御礼を言っておこうとインターネットで「山城座」を検索した。意外と言っては失礼だが、新しい雰囲気のホームページがあり、そこに「チケットのお求めはこちら」と電話番号もあった。

その日のうちに春乃が電話すると、電話口に出たのは百合姉だった。

「大塚春乃です。今日は本当にありがとうございました」

「あ、春乃ちゃん。先に帰っちゃったんだって？　エントランススタッフから聞いたよ」

「すみません。ファンの方のお邪魔をしたくなくて」

「昔はそうじゃなかったんだけど、今の山城座は若いからね。マダムのファンが多いの。で、どうだった？」

「凄かったです。想像以上でした」

「あいつ、舞台の上ではかっこいいでしょ」

貴音のことを指しているとすぐわかった。

「全く別人みたいで驚きました」

「ふふ……替わる？　勉強していたみたいだよ」

「いいえ。それならなおさら……あの、母が御礼を言いたいって」

そんなのいいと言う百合姉を説得し、横で待っていた母に替わる。

「このたびは大層なものをお見せ頂き……」

いつもよりもワントーン高く話す母は、見えない百合姉に何度も頭を下げていた。

もう一つ、春乃が緊張してしまった理由がある。一昨日の放課後、一度二階の廊下で遠くに貴音を見かけたのだ。しかも一人ではなく、一学年上の一条先輩と一緒にいたからである。華道の心得があるというので、以前同好会に誘ったが、部活が忙しいという理由で断られた、あの一条先輩である。

――困った……。

恋の気配を感じないと渚にからかわれる春乃だが、これで気付かないほど鈍くはない。一条先輩が貴音を呼び止めたという感じであった。

整った目鼻に、透き通るような白い肌、そよ風にも靡くような綺麗な長い髪、一条先輩は学校一の美人とも言われている。将来は女優の道に進みたいらしく、この夏には有名な芸術学部がある赤川大学のＡＯ入試を受けるらしいと、専らの噂だ。

貴音は少しそわそわしているようである。一条先輩に話しかけられたら、大抵の男子はそうなるだろう。

放課後で廊下に人通りは無い。すでに一条先輩をちらりと見て、存在に気付いている。ここで引き返せば変な誤解を生むかもしれない。

早く終わってくれと心の中で念じたのが通じたか、二人の会話は丁度終わった。貴音は小走りで階段を下りていき、一条先輩がこちらに向かって来る。その表情は浮かないもので、すれ違う春乃のことなど眼中にないという様子であった。一条先輩は香水を付けているのか、薔薇のような艶やかな匂いがした。そんなところも女性らしく、人気がある由縁なのかもしれない。

そのような光景を目撃してしまったせいもあってか、妙に緊張してしまっている。

放課後、春乃は棚から花器を一つずつ取り上げ、拭き上げるとまた棚に戻す。何かしながら待たないと落ち着かないのだ。五つ目の花器を棚に戻した時、ドアを開けて貴音が入って来た。

「お疲れ」

春乃はちらりと貴音を見た。先日の舞台で凛としていた貴音とは違い、少しけだるそうである。

「うん。体調悪い？」

「昨日、朝方までこれ書いてたから」

貴音は鞄から何枚かのルーズリーフを取り出して机に置いた。

「出来たんだ……」

花いけバトルの台本である。春乃は一枚ずつじっくりと目を通す。その間、貴音は鞄を机の上に置くと、手を頭上で組んで大きく伸びをしたり、椅子にもたれ掛かったりしていた。

「どう？」

暫(しばら)くして貴音が訊いてきた。

「本当によく出来てる。台本っていうから物語かと思ったけど……」

「手順表って感じかな」

バトルが行われる5分間をどう使うか、色々なパターンが書かれているのだ。例えば、開始早々に枝物を切って見せて客の視線を集める。そして花をいけて作品を作り上げる。最後に枝物を置いてさらに机の上で鋸を入れる。

「まずは摑みってパターン。これは後半が盛り上がりに欠けるから、最後にも鋸を使う」

貴音は席を立つと、横に来て指差して解説してくれた。

他にも竹とドリルで観客を巻き込む方法、鋏(はさみ)と草で注目させる方法、紐(ひも)を用いて驚かせる方法など、貴音はそれらを並べながら言った。

「これは狙うの？」

春乃は次の一枚を捲って苦笑した。不安定な花器を用いた時、敢えて背の高い花をいける。不安定な花器は必ずふらつく。倒れそうになると、観客から悲鳴が上がるはず。それを支え、直し、いけ、作品を作り上げるというものである。観客を騙(だま)すようで申し訳ないと思った。

「狙ってなくてもふらつくって。それを見て『倒れろ』って思うようなお客さんはそうはいない。きっと応援してくれる。完成した時の安堵は、一体感を生み出してくれるはず。もちろん、倒してしまうリスクはあるけどな」

「これは、ちょっとあざとくない？」

「あざといか……」

　貴音は真面目な顔で覗き込んで続けた。

「じゃあ、舞台での全てがあざといな」

「いや、そこまでは……」

「日本人はシナリオがあると、すぐやらせって言うだろ？」

「うん、確かに」

「でもさエンターテインメントって、どれだけお客さんを喜ばせるかだと思う。試合の勝ち負けも大切だけどさ、楽しんで貰いたいんだよ。舞台に立つ限りは。作品の出来栄えはもちろんだけどさ」

「その通りかもね」

　勝負を有利に進めるための演出かもしれないが、やっぱり花の美しさと、それをいける楽しさを伝えたい。そのために色々考えて練習するのは「やらせ」とは言わないだろう。

「これは……？　二人一組用？」

　春乃は一枚だけ赤のボールペンで×印が付けられたものを見つけた。

「あ、それは捨てたつもりだったんだけどな」

「何で？」

「それこそ物語だからだよ。春乃、演技苦手そうだし」

貴音は悪戯っぽく笑う。確かに演技などしたことはなく、ぐうの音も出ない。ましてや貴音はそれでお金を頂いているプロなのだ。比べる相手が悪すぎる。中身は先日見た『瞼の母』のようだった。

「そういえば……舞台、見てくれてたんだろ？　百合姉から聞いた」

何となくその話題を避けていたのに、貴音から切り出されてしまい、口籠ってこくこくと頷いた。

「どうだった？」

「え……」

「正直に言えよ。大衆芸能なんてださいって思っただろ」

貴音は自嘲気味に笑いながら机から離れて行こうとする。

「ううん、そんなことない！　すごく感動した！」

「まじで？」

振り返った貴音の頰が微かに緩んでいる。

「本当。演技も上手だし、あんなにアクションがあるとは思わなかった」

「あの激しいのは山城座の特徴なんだ。元は軽業の一座……サーカス団みたいなものが物語に沿ってやるようになったのが始まりだから。殺陣って結構大変なんだぜ……」

貴音は少し顔を紅潮させて熱弁を揮う。こんなに興奮する貴音を見るのは初めてで、春乃は少し圧倒される思いであった。

「俺、どうだった？」

貴音は恐る恐る訊く。

「何、その顔」

貴音の様子はまるで発表会の後、母に評価を求める子どものようで、春乃はくすくすと声を立てて笑ってしまった。

「どうなんだよ」

「すごく良かった。恰好よかった」

貴音はガッツポーズをして喜んでいる。普段ならこんな素直な反応は見せない。お芝居が好きだということが、ひしひしと伝わってくる。

気にしすぎだったのかと春乃は少し安心した。母を想う役を演じていた貴音は涙を流していた。あれが本当の涙に見えてしまったのだから。

でもこれほどお芝居が好きで、熱心に稽古（けいこ）をしているから、若くてもあれほどの演技が出来るのではないか。今の貴音を見ていればそう思えた。

「お前が思ってるより人気があるんだよ」

貴音は鼻を鳴らして、大袈裟（おおげさ）に自慢するような顔を作る。

「はいはい、もててるもんね」

先日、一条先輩と話していたことが頭を過り、春乃は冗談のつもりで返した。

「ん？　どゆこと？」

貴音は怪訝そうに眉を掻いた。人気というのはお客さんにという意味だったらしい。口を滑らせたことを後悔したが、後の祭りで貴音は執拗に教えろと迫ってくる。

「一条先輩」

「ああ……あれね。見たの？」

「うん。話してるとこをね。何だったの？」

広げた紙を集めながら、何気なく訊いた。

「告白的な」

「すごっ！　一条先輩、めちゃくちゃ人気あるんだよ！」

春乃は大袈裟に顔を上げた。初めて告白があったと知ったふりをするため、少しわざとらしくなってしまった。

「へえ、そうなんだ」

貴音は興味なさそうに答える。

「何て答えたの……？」

「ごめんなさいって」

すれ違った一条先輩の顔が少し強張っていた理由がわかった。

「もったいない……あんな綺麗な人、もう二度と告白されないよ？」

「しょうがないだろ。そもそも、あんまりよく知らない人だし」

これまで一、二度挨拶をされて返した程度らしい。

「運を全部使ったね」

「普段の行いがいいからすぐ溜まる」

　春乃はにやっと笑うが、貴音は相変わらずの減らず口ですぐに返してくる。このやり取りがどこか心地よくなってきている。

「やるか」

　貴音は頭を切り換えるように言うと棚に向かった。いける花も無く、ある態で練習するだけなのに、貴音は真剣に花器をどれにするか悩んでいる。

　たった二人の華道同好会。しかも自分以外の一人は仮会員ともいえない助っ人かもしれない。それでもこれほど何かに一生懸命になれる人と、大会に向かえることが嬉しかった。一人で花器の手入れをしている時、このプレハブはとても広く感じた。それが二人になっただけで、壁がぎゅっと迫ったかのように小さく感じる。一月前とは全然違う。そんなことを考えながら、春乃は首を捻って小さく唸る貴音の背をじっと見つめていた。

第三章　緑一点

1

次の日曜日、春乃は学校に行く時と同じ七時に起きた。今日は行く場所があるのだ。眠い目を擦(こす)りながら下へ降りると、母が朝ごはんを作ってくれている。

「おはよう」

「あら、早いわね」

母は四角いフライパンを火から離して振り返る。卵焼きを作っているのだ。

「今日、日曜日だよ」

テーブルの上に弁当箱があり、半(なか)ば完成している。

「凌太の。今日試合なのよ。あんたこそこんなに早く起きてどうしたの？」

土日はもう少し遅く起きる。それどころか時には昼前まで寝過ごすことさえあるのだ。

「今日、出掛けるから」

「もしかして春乃も必要だった？」

「ううん。大丈夫」

「顔洗って来なさい」

母に促されて洗面所に向かった。顔を洗って鏡を見ると、頬(ほお)に腕の痕(あと)がついている。昨日、デッサンをしながら机に突っ伏して寝てしまったのだ。頬を引っ張って伸ばしながら歯を磨いた。

「今日も、貴音君に勉強教えるの？」

皿に移し替えた卵焼きを弁当箱に入れている。ご飯とお味噌汁は用意されていた。

「今日は違うの。午前中は練習に使う竹を分けて貰いに行く」

順爺の知人で竹林を持っている人がいるそうで、そこから一、二本竹を分けて貰うことになっている。

「そうなんだ。卵焼き残り食べていいからね。淩太とお父さんのはまた作るから」

「うん。昼からは池袋で花いけバトルのイベントがあるから見に行くの」

大人の花いけバトルのイベントがあり、そこにゲストとして、昨年の高校大会の優勝者である丸小路秋臣が参加するのだ。そのことを伝えると貴音は、

――敵情視察だな。

と不敵に笑い、二つ返事で一緒に観に行くことを決めた。ついでという訳ではないが、その日の午前中なら先方の都合がよいということで、竹を貰いに行こうと後で決めたのである。

「それにしても早くない？」

母も向かいに座り、味噌汁を啜る。

「外に行くから、髪もちゃんとしたいし、ちょっとは服も悩もうかなって」

「貴音君とだから？」

母は笑うと、卵焼きをひと切れひょいと口に入れた。

「違う」

「でも、普段そんなに考えないじゃない」

「だって図書館じゃないんだし」

無愛想に答えて春乃も卵焼きを食べる。

「ふーん、そっか。残念」

母はまるで義一のようなことを言う。案外、親同士気が合うかもしれない。

「凌太、自転車使うって言ってたわよ」

「大丈夫。車で行くから」

「車⁉ 貴音君、高校二年生だよね」

母は箸を止めて、眉間に皺を寄せた。

「竹貫うから。陽介さんが付いてきてくれて、会場まで送ってくれるの。帰りは電車」

母は陽介のことを知らないのだから、それでも要領を得ない。そこで春乃は初めて貴音の実家について詳しく話した。

「山城座って……文江お婆ちゃんが贔屓にしている一座よ」

文江お婆ちゃんは家の斜向かいに住んでいるご近所さんである。登下校の時など、顔を合わせれば挨拶をして、たまに話を聞くこともある。

四年前に旦那さんを亡くして気落ちしていたが、友人に誘われて大衆演劇を観に行きはまったとかで、東京の公演はもちろん、関東近郊ならば足を延ばして観覧していると言っていた。

「文江お婆ちゃん誰のファンか知ってる？」

「えーと……何代目何とか」

「何代目か。そこ重要」

「まるでファンね。また聞いておく」

春乃が通のように言ったのが可笑しいと、母は笑いながら箸を動かす。

朝食が済むと春乃は再び二階に上がり、クローゼットを開けて服を選ぶ。これは子どもっぽいかなとか、こっちは気合いが入り過ぎかなとか考えながら、時に独り言を零す。迷ってなかなか結論が出なかったが、先ほどの母の一言が頭を過る。

別に貴音のためじゃない。人が多いところに行くから。憧れている秋臣とも再会するから。そう自分に言い聞かせて珍しく花柄のワンピースを取り、デニムのジャケットを羽織った。

次は髪を整えようと、洗面所に行くと、凌太が眠そうな顔で歯を磨いていた。目尻に目脂をつけている。

「顔洗ったの？　目脂取れてないよ」

凌太は口を濯いで、頭から爪先までじっくりと見る。

「その恰好、どうしたの？」

「出かけるから。顔洗って代わって」

「デート？」

「違う」

母に言う時よりも語調はいくらか強くなる。

「いい加減、彼氏くらい作れよ」

「あんたに言われたくないし」

「俺、彼女いるし」

「え？　そうなの？」

凌太はざぶんと顔を洗ってタオルで押さえる。

「姉ちゃんの彼氏……ふふふ」

「何よ」

「いや、想像つかないから。すげえ真面目そうな人っぽいなって」

散々馬鹿にしておいて、凌太はそう言い残して朝食を摂りに向かう。春乃は憮然としてブラシを摑んだ。

八時半には全ての支度を終えた。凌太は食事を早々と終えると、頰杖を突いて、ぼうっとテレビを眺めていた。

「あ、姉ちゃん。自転車借りるよ？」

「いいよ。何時に出るの？」

「九時くらい」

「一緒くらいね。用意したの？」

「母さんと同じこと言う。もう出来た」

　普段は何事にも不真面目な凌太だが、ことサッカーのこととなると話は違う。好きこそものの上手なれとは、実によく出来た諺である。

　メモ帳と筆記用具を忘れたことを思い出し、春乃は二階の自分の部屋へ行った。参考になることをメモしようと思っていたのだ。

「貴音みたいになるところだった」

　独り言を零して引き出しを閉めた時、家のインターホンが鳴った。宅配便か何かだろう。クローゼットについている姿見でもう一度全身を見た。確かにいつもに比べてお洒落をしているため、勘繰られるのも無理はないかもしれない。

「おはようございます」

「え」

　鏡に映る自分の顔が強張る。貴音の声である。メールで連絡すれば十分で、まさかインターホンを押すとは思ってもみなかった。今時、小学生が友達を誘うくらいしか、このパターンはないのではないか。

　慌てて階段を降りると、すでに母が玄関の扉を開けて招き入れようとしている。

「なんでインターホン押すのよ。メールしてくれたら出て行くのに！」

母を跳び越すように、玄関先の貴音に向けて言う。

「いや、メールしたんだけど」

そこでスマホを置いたまま二階に上がったことに気が付いた。

「春乃ちゃん、おはよう」

ドアで死角になっていたところに陽介が立っていた。

「陽介さん……おはようございます」

「貴音君のお父さんが来られないから、お兄さん代わりにって丁寧にご挨拶して頂いて。お土産まで貰っちゃった」

振り返る母の顔が緩みまくっている。

「ここの人形焼き、美味しいんで、よかったら皆さんで」

陽介はにこりと笑う。わかっている。母がテレビの前できゃあきゃあ言っている芸能人に、陽介はどこか似ているのだ。

「私も今度、伺(うかが)おうかしら」

「是非お越しください。近所のお婆ちゃんも」

すでに文江お婆ちゃんの話にまで及んでいる。

「少し待っていて下さい」

にやつく母を後目(しりめ)に、急いでリビングに戻り、バッグを肩から掛けてスマホを取る。

「姉ちゃんの超真面目の彼氏？」

凌太がまた余計なことを口走る。しかも華道の経験者ということで、未だに凌太は真面目な男子高校生を想像しているらしい。

「違うって」

「見に行こ」

「来なくていい！」

春乃は逃げるように玄関に向かった。貴音とお母さんはすっかり打ち解けて和やかに談笑しており、やはり中へ招き入れようとしている。初めておろすパンプスに足を入れて、ストラップのホックボタンを留めて立ち上がった。

「行ってきます」

「忙しない子でごめんなさいね。今日はよろしくお願いします」

頭を下げる母の脇をすり抜けようとすると、後ろから奇声が上がった。凌太である。

「何で来てるの⁉」

「いや、俺も出るし」

確かに手にスパイクを入れた袋は持っているが、それを口実に見に来たんでしょうとは言えず、春乃は無視して行こうとした。

「お、サッカー？」

貴音が尋ねると、凌太はこくりと頷いた。

「学校で練習？」

「練習試合で、荒川（あらかわ）まで……行きます。自転車と電車で」

「じゃあ、駅まで送るよ？」

「いいんすか？」

凌太は早くも地金の話し方が出てきている。

「いいよ。なあ、陽君」

「そんなことして貰う訳には……」

ナイス母、春乃は短く心で応援した。

「近く通るし、全然構いません。お母様も、お忙しいでしょうし」

「お母様だなんて……じゃあ、お言葉に甘えちゃおうかしら」

母は一瞬で引き下がり、春乃は溜息（ためいき）をつく。

こうして凌太まで送って貰うことになり、助手席が貴音、後ろに姉弟という形で、陽介が運転する白いバンに乗り込んだ。久しぶりに見る満面の笑みで手を振る母を残し、車は低いエンジン音を引き連れて発進する。

「まじ、イケメンじゃん」

凌太が顔を寄せて囁（ささや）くので、肘（ひじ）で脇腹を小突く。

「凌太君だよね。好きなサッカー選手いる？」

貴音は首を回して凌太に訊（き）いた。

「えー沢山います。海外ですか？　国内ですか？」

「じゃあ海外」

「海外だとケイントですかね」

「イングランド代表のＤＦ？」

「そうです！」

「渋っ」

「自分はＦＷなんですけど、何か好きなんです」

「俺はＦＷならカサーニが好き」

「パリ・サンジェルマンＦＣ！」

「ちょっと陽君に似てね？」

「あー、似てます」

　春乃にはちんぷんかんぷんの話が繰り広げられ、あっという間に駅まで着いた。

「ありがとうございました」

　凌太は車から降りると頭を下げた。

「頑張れよ！」

　やはり男同士、話の合うことも多いのか、春乃よりも遥かに短い時間で打ち解けたようだ。凌太はちらっとこちらを見て、にやりと笑うと駅に向かって歩き出した。

「じゃあ、行きますか」

　貴音は車の窓を閉めて軽快に言った。

「いい弟さんだね」

バックミラーに陽介が微笑むのが映った。

「うるさいですけど」

そのような他愛も無い話をして5分ほど経つと、車は住宅街に入って行く。そして何の変哲もない一軒の家の前で止まった。どこかの工房に行くのかと思っていたが、ここで竹を貰えるのだという。

「ちょっと早く着いたな。少し待とう」

家主の都合なのかと思ったが、どうやらここでもう一人落ち合う約束になっているらしい。ものの5分ほどで一台の黒い軽自動車がバンの後ろに停まった。中から短髪で小太りの、見るからに人の好さそうな男の人が姿を見せた。

「来た、来た」

「あれがエモちゃん」

貴音がサイドミラーを見ながら言い、運転席のヘッドレストに手を掛けて振り返る。

「そうなんだ」

エモちゃんが助手席側に回るのに合わせて、窓を開ける。

「悪い。遅くなった」

エモちゃんは団子鼻の前で手を合わせる。

「まだ約束の時間前だから大丈夫。どこ停めりゃいい？」

陽介が身を乗り出して訊いた。

「近くに駐車場あるから。誘導する」

「オーケー」

エモちゃんは小走りで車に戻り、バンを追い抜いていく。一つ辻を曲がって百メートルほど行ったところにコインパーキングがあり、そこに二台並べて停めた。

「初めまして」

降りると春乃はやや緊張しながら挨拶をした。

「恵本です。貴音がお世話になっています」

エモちゃんは団子鼻を指でなぞった。やはり貴音のお兄さんのような口ぶりだ。

「ごめんね。休みの日に」

「いいよ。師匠にも頼まれたし」

貴音とエモちゃんがやり取りをして歩き始めた。

「今日、竹を頂く方はもともと竹細工（たけざいく）の工房をなさっていた方なんだ」

エモちゃんは優しく春乃に説明してくれた。江戸時代から続く竹細工職人の家だったが、後継者がおらず、一年前に大病を患（わずら）ったことをきっかけに一線から退（ひ）いたらしい。

それでも材料となる竹には愛着があるようで、竹林の管理は今でも続けており、たまに手慰（てなぐさ）みで細工を拵（こしら）えては知人に贈っているという。その人と順爺が古馴染（なじ）みで、貴音のために竹をもらえないかとお願いしてくれたという訳だ。

「何かあいつと会うと、何時間でも将棋の相手をさせられるから、お前が行ってこいって」

エモちゃんは苦笑しつつインターホンを押した。乾いた男の人の声で応答があり、エモちゃんが来意を告げる。しばらくすると一人の年配の男性が出て来た。痩せ型の順爺とは違い、がっしりとした体形で、いかにも頑固な職人らしい意志の強そうな角張った顔である。

「おう、恵本か」

「小野さん、ご無沙汰しております」

「もう伐ってあるから、持っていけ」

小野は玄関に置いてある竹の束を掴んで外に出て来た。一本の竹を三つに切って紐で括ってあるのだ。貴音が進み出て受け取った。

「小野さん、助かりました」

すぐに春乃も並んでお辞儀をする。

「お、義一の子か。こちらのお嬢は？」

義一とは確か貴音の父の名である。小野はいかにも江戸っ子といった口調でこちらを見た。

「はい。こっちは……」

「貴音君の同級生で大塚春乃です」

「義一は早くに落ち着いたからな。許嫁(いいなずけ)かと思ったぜ」

「違います」

春乃と貴音の声がぴったりと重なり、小野は豪快に笑う。陽介とエモちゃんも顔を見合わせて噴き出してしまっている。

「こんな立派な竹をありがとうございます」

春乃は無理やり話を引き戻した。

「構わねえさ。もう使わねえんだから」

「もう細工はなさらないんですか？」

貴音も話題をそちらに持っていきたいのか、どこか必死に見える。ある意味、今は息が合っている。

「息子は二人ともサラリーマンでな。まあ、今時は竹細工も売れねえし、無理に継げとは言えねえよ」

「そうですか……」

小野は少し寂しそうな表情になって屈(かが)むと、貴音が持っている竹をつるりと撫(な)でた。

「ところで何に使うんだ？」

順爺から用途までは聞いていなかったようである。貴音は花いけバトルのこと、本番に使える花材として竹があり、皆がここぞという時に使い、勝敗を分ける要素にもなり得る。だから扱いに慣れておきたいことを伝えた。

「なるほど……恵本、まだ時間はあるのか？」

小野が尋ねると、陽介が手を宙で滑らし、恵本も頷く。

「じゃあ、爺から少しアドバイスだ」

小野は口元を緩めるが、目は真剣そのものである。小野は急に難しい話を始めた。

「古今余材抄って知っているか？」

「いえ……」

「教養のない俺でも知っているには訳がある。それに竹の詩が載ってるんだよ。竹というものあり、剛ならず柔ならず、草にあらず木にあらず……ってな」

聞き覚えのない詩だが、大凡の意味はわかった。

「竹は木でもなく、草とも違う。竹は竹……という意味」

「そうだ。当然のようだが、竹は何にも属さず、特有の性質があるってことよ」

小野は満足そうに頷いて話を続ける。竹は丈夫かつ、しなやかであることから、様々なものに加工され、人々の生活に役立ってきたという。

「竹は世界に約一三〇〇種、日本には約六〇〇種あると言われている」

「そんなに？」

貴音は興味津々に相槌を打ち、春乃も慌ててバッグからメモ帳とペンを取り出す。

「真竹、淡竹、孟宗竹、亀甲竹、布袋竹、黒竹、篶竹……珍しいものじゃ、紋竹、虎斑竹、沈竹。人間が一手間加えて作る、図面竹、ゴマ竹なんてのもある」

「覚えらんねえ」

貴音はちらりと春乃を見た。メモを頼むという意味だろう。沢山名前が出たものだから、平仮名で必死にメモを取る。後で調べてみるつもりである。

「これは真竹。節間が長いのが特徴で、しなりも強い。竹製品、竹細工、竹工芸、クラフトなどの材料として一番使用されている竹だ。青々とした色も美しいから、正月飾りや青竹酒器なんかもこれで作られる」

「門松とかもこれですよね」

「ああ。俺はその大会は知らねえが、使われるなら多分これじゃねえかなと思う。後、あり得るなら、孟宗竹か。真竹よりもう少し重く、太いな」

「なるほど」

貴音が話を聞き、春乃は漏らさないように書く。知らぬ間に完全に役割分担がされている。

「一本加工して見せてやろうか？」

「是非！」

これも二人の声が揃い、小野は嬉しそうに笑った。

「今はもうほとんど使っていないし、ちいと埃っぽいが工房に来るか」

自宅に併設された工房で、長年に亘って作業をしてきたらしい。陽介が1時間くらいなら大丈夫と言ってくれたので、小野に促されて庭へ回る。工房は母屋から突き出した構造で、納屋のような建物である。中は十二畳ほどの広さだった。三方の壁に作り付けの棚があり、様々な竹細工が所狭しと並べられている。

小野は束ねた竹から一本抜きながら尋ねた。

「その試合、時間はどれくらいだ？」

「5分です」

「花をいける時間もあるから、1、2分ってところか……よし」

春乃の答えを聞いて、小野は暫し考えると、道具箱から鋸、そして鑿と金槌を取り出した。後ろで見ていた陽介や、エモちゃんも、いつの間にか小野を取り囲むようにして覗き込む。全員という訳ではないだろうが、男はこうした工作が好きなのだろう。

「小野さん、鑿ですか？」

エモちゃんは遂に話にも入ってきた。

「ああ、1分ならこれだ。竹と木の違いは色々あるが、これも大きな違いの一つだ」

小野は不敵に口角を上げると、真竹をすうと指でなぞりながら言った。

「繊維？」

これは陽介。顎に手を添えて目を細める。

「そういうことだ。竹は縦に細かく繊維が入っている。少し見てろ」

小野はそう言うと、節と平行に鑿を当て、金槌を振るった。小気味よい音を立てて鑿が貫通する。次にもう一度同じように、今開けた穴からずらしてもう一度打ち込んだ。節、穴、穴、節と全てが平行に並んだ恰好である。何が起こるのかと皆が注視する中、小野は金槌で穴と穴の間を勢いよく叩いた。それと同時に竹は繊維に沿って縦に裂け、長方形の小窓が出来た。

「おお……」

男三人が感嘆の声を上げた。

「鋸を入れる必要もねえ。これならあっと言う間に窓が出来る。ここに花をいけられるんじゃねえか？」

「確かに。いけますね」

陽介は穴を指でなぞって呟く。

「短くしたけりゃ、これはもう鋸しかねえ。節は避けるようにしろよ。硬すぎるからな。他には……」

今度は竹に添わせるように鑿を当て、柄の尻を軽く金槌で叩く。すると表面が逆剝けのようになる。道具箱からペンチを取り出して剝けた箇所を挟むと、一気に捲り上げた。

「これで簡単な模様を描くことも出来る」

小野は次々に鑿を打ち、縦に細く捲っていく。すると竹に青と白の美しい縦縞が出来上がった。

「綺麗……」

メモを取る手を止めて、まじまじと見た。

「これくらいが1、2分で出来ることだな」

「ありがとうございます。練習してみます」

春乃がお礼を言った時、貴音は棚を指差して尋ねた。

「小野さん、あれって俺でも出来ますか？」

「俺なら簡単なものなら同じくらいで作れるが……素人なら少し練習が必要かもな。やってみたいのか？」

「はい」

「今日はこの後があるんだろう？　うちに来れば、いつでも教えてやるよ」

「本当ですか？　お願いします」

貴音は深々と頭を下げた。

「小野さん、いいんですか？」

エモちゃんは申し訳なさそうに眉を落とした。

「いいってことよ。家内が死んじまって爺の一人暮らし。工房も畳んだし、毎日に張り合いがなくてな……むしろ喜んで教えるぜ」

貴音は後日の約束をし、小野の家を後にした。

「恵本、順治に顔出せって伝えてくれよ。四十五勝四十六敗で俺が負け越してんだ」

そういう小野の表情は、来た時よりも少し明るく見えた。竹の前後を貴音と陽介で持ちながら車まで歩く。

「ねえ、貴音。あれ、本当に2分やそこらで作れる？」

関東予選まであと三週間しかないのだ。そんな短い期間で、素人がそう簡単に細工を習得出来るとは思えない。

「わかんねえ。でも出来たら、お客さんに喜んで貰えるだろ？」

舞台人としての血が騒ぐのか、貴音はどんどんやる気を出してきてくれている。誘った自分こそ負けてはいられない。

「私も習うよ」

「春乃は技術が2だろ」

貴音は悪戯っぽく笑う。五段階評価である。全教科の中で悔しいが確かに苦手科目である。

「よく知ってるわね」

「見てりゃわかる」

「邪魔ってことね」

「まあ、否定はしないな。だいたい春乃は花屋さんのほうで忙しいだろう」

本番まで一か月を切った今、どうにか一度は花を使った練習をしたいと、長岡先生に相談を持ち掛けていた。しかし予算は全くといっていいほど無い。今まで花屋に売り物にならない花を分けて貰ったことはあるが、本番さながらの練習をするとなると、かなりの量が必要である。そこで来週から練習日以外は、学校の近隣の花屋何店舗かに、お願いしに回ることになっているのだ。

「わかった。三週間後の木曜、予選の三日前が最初で最後の花いけ練習ね」

「よし。そこまでに小野さんに教えて貰う」

そうこうしているうちに駐車場まで辿（たど）り着き、バンの後ろから竹を積み込んだ。

「舞台以外で、こんなやる気のある貴音見るの初めてだな」

「だろう？」

エモちゃんが眉を開き、陽介も微笑を浮かべる。

「これも舞台みたいなもんだよ」

貴音は微妙にくぐもった声で言い、バンのドアを引いて乗り込む。きっと照れ臭そうな顔をしているのだろうと、春乃にもわかるようになっている。妙に丸まった背を見ながら、春乃は微（かす）かに笑った。

2

今日のイベントが行われるのは、ショッピングモールの一階である。家電量販店が入っており、その前に楕円（だえん）形の大きなフロアが広がっている。そこからエスカレーターが交差

して、三階まで吹き抜けの構造になっていた。すでにステージが組まれており、バックパネルにモニターが設置され、「花いけバトル」の文字と、花を象ったロゴが映し出されている。パイプ椅子が何列も並べられているのが客席である。開始までまだ30分以上あるのに、すでに座っているお客さんもちらほらといた。

その客席を挟むように、両側に深い黒いバケツが並べられ、それぞれに様々な花や草木が入っている。開始と同時にステージから降り、ここから必要な花を見繕うのである。思っていたよりも規模が大きかったのか、陽介は感嘆の声を漏らして会場を見回していた。ここに来たのは三人である。エモちゃんとは駐車場で別れた。最近では山城座の道具だけでなく、依頼を受けて他の劇団の背景も手掛けているらしい。今日はその仕上げの作業だったのだが、一時中断して小野の家に付いてきてくれたのだ。

「じゃあ、俺も帰るわ」

陽介は一頻り見た後、車のキーを指で回しながら言った。この後、陽介は稽古があるらしい。

小屋を持たず、少人数で回している山城座は、さすがに毎週公演が出来る訳ではない。貴音が日曜日の午後から休むのは公演か、無い時はその稽古なのだ。貴音が義一に相談したところ、

――春乃ちゃんとか！　行ってこい！

と快く、むしろ嬉しそうに稽古を休むことを許してくれたらしい。

「ありがとうございました」

「全然、いいよ。貴音、春乃ちゃん送ってやれよ」

「へいへい。ありがとうね」

「はいよ」

陽介は軽く手を上げて帰っていった。

二人で陽介を見送った後、暫くして貴音がまた席を立った。

「座っといてくれる？」

「うん」

貴音は項を掻きながら歩いていった。きっとお手洗いだろう。そんなことを考えながら、改めて会場を眺める。スタッフの札を掛けた人が慌ただしく準備を進めている。先ほどより客も増えたようだ。これが目当てで来た人もいるだろうが、買い物をしていて興味を持って集まって来ている人もいるようだ。

アイスクリームを舐めている女の子、早く食べないと溶けるよと急かすそのお母さん、家族の買い物が終わるのを待っているのか一人でコーヒーを片手に座るおじさん。老若男女、様々な人がいる。

三週間後には自分もこんな舞台に立つことを想像すると、少し胸が高鳴るのを感じた。

「ただいま」

「あ、おかえり」

背後からの声に振り返ると、そこには両手にストローの挿さったジュースを持った貴音が立っていた。

「どっちがいい？　コーラとオレンジジュース」

「え……買いに行ってくれてたの？」

「喉渇いたからさ。どっち？」

貴音はパイプ椅子に腰かけると、ぐいと顔の前に紙コップを突き出す。

「コーラかな」

「まじか。そこはオレンジだと思った」

「嘘、当たり。炭酸苦手」

「何だよ」

貴音は苦笑いしてオレンジジュースを差し出す。

「お金……」

鞄から財布を出そうとしたが、貴音は首を横に振った。

「親父からお金貰ってるから大丈夫。普段は小遣いなんてくれねえくせに、春乃と一緒だって言ったら、頼んでもねえのにくれた」

「じゃあ、お言葉に甘えて……」

ずっと差し出してくれていたジュースを両手で受け取った。

「一緒なら小遣いくれるみたいだし、また付き合ってくれよ」

「何それ」

冗談だとわかっている。素っ気なく答えてストローを咥えた。貴音もこちらをちらりと見てコーラを一口飲む。

「なあ」

「ん？」

「コーラって何味なんだろう」

「そりゃ、コーラ味でしょ」

「じゃなくて、初めて飲んだ人は何に似てるって思ったんだろって」

なるほど考えたこともなかった。苦手とはいえ飲んだことはあり、その味ももちろん知っている。自分にも初めて飲んだ時があったはずだが、いつの間にか何の疑いもなく「コーラ味」と思い込んでいる。

「んー……葡萄？」

「違うだろ。でも初めてコーラが発売された時、きっと何かに似ているって思った人もいたはずだよな」

「確かに」

「最初の衝撃って凄かっただろうな」

「だろうね」

あまりに下らない話に、横に座っていた夫婦らしい男女がくすりと笑う。貴音はそれに気づかないのか、それとも気にしないのか、ステージをじっと見つめていた。

スタッフの人が客に葉書サイズの紙を配っていき、春乃たちもそれを受け取った。

「ああ、これか」

貴音は表と裏を見比べた。片面は青、もう片面は赤になっている。いけ終わった後の審査タイムで、どちらか良かったほうの色をステージに向けて掲げるのだ。これが集計され、さらにそこに審査員の点数が加えられて評価点数となるのである。

「はじまるよ」

開始時間になるとスピーカーからBGMが流れ、ステージに司会の男性が上がった。

「皆様、こんにちは！　花いけバトルの会場へようこそ！」

花いけの試合といえば、しっとりとしたものを想像する人がいるかもしれないが、その話し振りはどこか格闘技のMCを思わせるハイテンションな調子である。

簡単な挨拶と、花いけのバトルの説明が行われる。自分たちのように事前にルールを知って来ている人は少ないらしく、皆が興味深そうに聞いているのがわかった。司会の男性は観客をまんべんなく見渡しながら、徐々に語調を強めていく。

「私たちは、この戦いに望む者たちをバトラーと呼びます。それでは今日、皆様の前で熱い戦いを繰り広げてくれる、バトラーたちを紹介したいと思います！」

一人ずつ、紹介された「バトラー」がステージに上がっていく。今回は大人が行うエキジビションで、年配の男の人もいれば、若い女の人もいる。華道、フラワーアレンジメント、ブライダル、花屋など皆が花に携わる人たちである。

「あ、秋臣君」

大人たちに交じって最後に紹介されたのが、あの秋臣である。去年の高校生大会の覇者と紹介され、観客から一段と大きな拍手が起こった。

「ふうん。いかにもって感じだな」

貴音は少し顎を上げ、覗きこむように秋臣を目で追った。周りは花と何らかの関わりを持つ大人のプロであるが、秋臣は落ち着き払っており、その表情には余裕すら感じられる。

エキジビションとはいえ、トーナメント形式で一位を決める。バトルと銘打っている以上、このほうが観客も盛り上がるだろう。

一戦目は結婚式で花を飾るフラワーコーディネーターと、新進気鋭の華道家の戦い。司会がスタートを告げて鉦が鳴る。それと同時に、二人のバトラーがステージから勢いよく飛び出した。制限時間は5分、タイムカウントがモニターに映し出され、観客にも残り時間が一見してわかる仕組みである。

バトラーはそれぞれが花材を手際よく取っていく。

「フラワーコーディネーター岡崎がまず手に取ったのは流木だ！　これを花器の前に置く！　一方の佐々木はトルコ桔梗を使うようだ！」

司会は実況へと早変わりし、花に詳しくない人にもわかりやすいように、解説も交えて伝えていく。まさしく花の格闘技である。

「残り1分を切ったぞ！」

観客たちもステージの上に釘付けである。二人とも制限時間一杯までいけるつもりである。

「5、4、3、2、1……終了！」

カウントダウン、終了のコールと共にバトラーは手を止めた。フラワーコーディネーターのほうはギガンジウム、エニシダ、芭蕉の葉を使ったエスニックな印象の作品。対する華道家の作品は中央にダリアを配した、全体として丸みを意識した纏まりのある作品である。それぞれの個性が色濃く出ている。

1分間の鑑賞タイムを挟み、いよいよジャッジの時となる。

「どっちかな？」

貴音がどっちを選ぶか興味がある。赤と青の両面を見比べながら訊いた。

「言ったら面白くないだろ。相談なし」

もう決めたのか、貴音はステージから視線を外さずに口元を綻ばせた。

バトラーの二人は集計が終わるまで客席を見ないように指示され、観客に背を向ける。

「それでは観客の皆様、どちらがよいか。ジャッジをお願いします！」

客席から一斉に札が上がり、ステージから複数のスタッフがカウントを始めた。周りを見回すと僅かながら青が多いように見える。かくいう春乃も青、つまり華道家の作品のほうがいいと思っている。

「同じ」

「だな」

貴音も同じく青である。集計が終わったようでスタッフが一斉に引き上げ、バトラーも再び正面を向く。結果はモニターで発表されるという仕組みである。

「それでは結果が出たようです……赤・岡崎67点、青・佐々木84点！　青・佐々木の勝利です！」

観客から拍手が沸き上がり、ステージ上の華道家は客席に向けてお辞儀をした。

「やっぱり生で見るほうが面白いな」

貴音は札を降ろすと、こちらを見て笑った。

「うん。盛り上がるね」

二戦目、三戦目とバトルは進む。二戦目も上げた札の色は一緒、三戦目は意見が分かれ、貴音の選んだ人が僅かに競り勝った。本当にどちらが「良いと思うか」だけの審査であるため、観客の好みにもおおいに左右される。

四戦目はあの丸小路秋臣である。相手はフラワーデザイナーの肩書で紹介された男性。キャリアは三十年。歳は五十を超えているだろう。花柄のジャケットというやや奇抜なファッションである。

「それでは第四試合、『花の伝道師』相川。対するは『天才高校生華道家』丸小路。ＲＥ

ADY……GO！」

ゴングが鳴り、相手の相川は軽快な足取りでステージから降りる。すでに頭の中では作品の構図が出来上がっているのだろう。並べられたバケツから迷いなく花を抜いていく。

「秋臣君、落ち着いているね」

もしも自分があそこに立っていたら、きっと緊張して体が強張るだろう。秋臣は急がず慌てず、絶妙の速度で花に近づき、野で花を摘むかのように丁寧に取っていく。

早くも相川はステージに戻り、花器に手早くいけ始めている。秋臣が取っている花々は薄紅色のものが多い。秋臣はステージに戻ると、全ての花を一度机の上に置く。そこから一本を手に取ってステージの前に進み出ると、宙に掲げて右から左に動かす。

「丸小路が手にしているのは染井吉野よりも遅咲きの牡丹桜です。散るまでが長いのも特徴の一つ」

実況がそれを受けて花の解説を入れる。普段は花に馴染みのない人でもこれならばわかりやすく楽しめる。秋臣は実況が入ると、それを待っていたかのように微かに笑って花器へと向かう。

「皆、惹きつけられていたね」

「ああ」

貴音は顎に手を添えて食い入るように見ている。秋臣は続いてベニギリツツジを次々にいけていく。先ほどの牡丹桜も枝ものであるため、バランスが難しいが、秋臣は白く長い指で丁寧に形を整えていく。二種の紅色が花器を取り巻くように見える。

——1分前。

カウントダウンが進む。残り時間は少ない。対戦相手の相川が様々な色を上手く配置し終えているのに対し、秋臣の作品は紅系の色のみで、華やかではあるが面白みは少ないように見えた。

「厳しいかもね」

相手はその道のプロなのだ。高校生の大会の優勝者といえども、易々と勝てるものではないだろう。

「どうだろうな。何か狙ってそうだが」

「え？」

「何度かモニターを見てる」

「そりゃあ、時間を気にするんじゃ……」

「焦っているように見えるか？」

「ううん。むしろゆっくりと丁寧にいけている」

——30秒前。

アナウンスが入った瞬間、それまで花器に張り付いていた秋臣が動いた。身を翻して再びステージから降りると、何か目当てのものがあるようで、一直線に向かっていく。緑のこんもりとした花を取る。実況はオオデマリだと解説した。

秋臣はオオデマリを三本取ると、あっと言う間に取って返す。

――残り10秒。

観客の全員が間に合うのかとハラハラしているのが伝わって来る。しかし秋臣はこちらを見ながら、可愛(かわい)らしいオオデマリを小さく振って見せる余裕がある。

そして紅系一色の中心にすうと差し込む。この時、残り5秒を切っている。

「3、2、1……終了！」

秋臣は膝の前で手を揃えると深々と礼をした。観客から感嘆の声が上がった。まるで計ったかのように終了の合図と同じタイミングである。いや、偶然ではない。

「合わせたな」

貴音の頬が紅潮している。興奮を抑えているという表情である。

「時間を計算していたんだね。最後の30秒は皆秋臣君を見ていた」

恐らくほとんどの視線は秋臣に注がれていたに違いない。対戦相手が何をしていたのか、誰も記憶に留めていないだろう。司会が進行して1分間の鑑賞タイムに入る。

「でも、白の花を使うと思ったけどな。紅白だからさ」

貴音は少し怪訝(けげん)そうに言った。

「多分、紅一点を意識したんだと思う」

「だから緑ね」

紅一点の「紅」の周りは「白」と勘違いしやすいが、本来は「緑」である。王安石(おうあんせき)の

「詠柘榴詩（ざくろをよむ）」の「万緑叢中（ばんりょくそうちゅう）　紅一点」からきており、そのまま一面の緑の中に一輪の紅色の花が咲いているという意味である。

「知ってるんだ」

　貴音は漢文の成績は悪くは無いのだが、知っていたのはちょっと意外だった。

「麻雀（マージャン）に緑一色（リュウイーソー）や、紅一点って役があるんだよ。順爺に付き合わされて覚えた」

「へえ、そんなのあるんだ」

「だからありゃ、紅一点だな」

　そんな会話をしている間に鑑賞タイムが終わり、バトラーの二人はこれまで同様後ろを向く。

「それではジャッジをお願いします！」

　迷っている人が少ないのか、今までよりも心なしか観客の札を上げるのが速い。貴音はと思い横を見ると、青の札を向けている。つまり秋臣に投票していることになる。春乃も同じであった。

「それでは結果が出ました。赤・相川45点。青・丸小路……106点‼　丸小路秋臣の勝利です！」

　どっと客席が沸く。四試合やってきて今日一番差がついた。ステージ上で相川と固い握手を交わすと、秋臣はこちらに向けて深々と頭を下げた。

「プロでも負けるんだ……」

客席の札を見ていれば秋臣が勝つとは思ったが、ここまで大差がつくとは思わず、愕然としてしまった。自分たちも全国大会に駒を進めれば、この秋臣と対戦する可能性もあるのだ。

「そんなに驚くことじゃねえよ」

貴音はコーラを飲むと、一呼吸おいて続けた。

「展示会なら赤が勝ったんじゃねえかな。玄人受けしそう」

確かに相川の作品は色彩のバランス、陰影など素晴らしく整っている。

「落ち着いて、改めてみたらそうかも」

「それ」

「ん?」

「落ち着いてってのがポイント。1分間の鑑賞タイムがあるとはいえ、やっぱり観客も興奮している。その中で選ぶんだよ。だから、青が勝った」

貴音は名を覚えていないのか、秋臣を色で呼んだ。

「見せ方が上手かったもんね」

「観客は花に興味の無い、通りすがりの人も多くいる。わかりやすく振る舞っていた。実況もそれに引き寄せられていただろ?」

「確かに」

秋臣は観客に花をゆっくり見せるようにしてからいけていた。その時に実況は花の名は何と言うのか、いつの季節に咲き、どのような特徴を持つのか。その解説も行っていた。つまり秋臣は観客だけでなく、同時に実況も味方につけようとし、それが上手くいったという訳だ。

「とにかく……手強いな」

秋臣と戦うためには全国大会に出なければならない。貴音は関東大会で負ける気はさらさらないようだ。もちろん、春乃もやるからにはそのつもりであるが、貴音のように自信がある訳ではない。

興奮冷めやらぬ中、視線を落として手許の札を見た。三週間後には自分が審査される側になる。そう思うと気が早いことだが緊張してきた。この余韻に不釣り合いな、濡れた低い音が横から聞こえてきた。

「悪い」

音の正体は飲み終わりに、勢い余って吸い過ぎたあれである。貴音はばつがわるそうに苦笑いする。その顔を見ていると、何だか緊張するのが馬鹿らしくなってきて、春乃もくすっと笑った。

集中して見ていたからか、時間が過ぎるのはあっという間であった。準決勝、決勝と終わり、司会の人が挨拶をしてイベントを締めくくった。

丸小路秋臣は決勝で惜しくもフラワーアーティストに僅差で敗れたものの、準優勝という堂々たる成績を収めた。

「大塚さん！」

二人が会場を後にしようとした時、ふいに背後から名を呼ばれて春乃は振り返った。他のバトラーが引き上げていく中、秋臣がこちらに駆け寄って来たのである。

「丸小路さん」

名を覚えていてくれたことにびっくりした。

「見に来られていたんですね」

「よくわかりましたね」

「一回戦の時、ステージの上から気付きました」

「そんなに早くに？」

「ええ。同年代くらいの子がいるなって思ったら、大塚さんだったので驚きました」

秋臣は薄い唇を綻ばせた。

「凄かったです。決勝のなんてすごく大きな作品で圧倒されました」

決勝では流木を花器の中に入れ、その流木の隙間に花をいけていくというものであった。

その独創的な作品に息を呑んで見守ったのである。

「途中で倒してしまって……思い描いたものにするには、少し時間が足りませんでした。決勝も勝ちたかったのですがね。残念です」

秋臣は本当に口惜しそうに言った。

「エキジビションとはいえ、大人のプロ相手にここまで出来るなんて、やっぱり凄いです」

「ありがとうございます。大塚さん、やはり今年……」

「はい。もう出場申請を終えました」

「そうですか。それは楽しみです」

秋臣の顔に喜色が浮かぶ。

「まだ全国大会に出られると決まった訳でないので……」

春乃は気恥ずかしくなって目を伏せた。

「きっと大丈夫です」

社交辞令か励ましだと取ったが、秋臣は真剣な面持ち（おもも）ちである。そしてちらりと視線を横に動かして続けた。

「この方がパートナーでしょう？」

「はい――」

春乃は挨拶をするものと思って振り返ったが、斜め後ろに立っていた貴音は、

「どうも」

と、無愛想に会釈するのみである。目で挨拶するように促すが、貴音は気付かないようで秋臣をじっと見つめている。

「山城……」

「山城貴音です」

代わって春乃が紹介しようとすると、貴音は覆いかぶせるように名乗った。

「丸小路秋臣です」

凪が止まったような謎の間が生まれる。時間にしてほんの数秒だったろうが、春乃には妙に長く思えてどぎまぎしてしまう。秋臣は口元を綻ばせ、少し息を漏らした。

「大塚さん、先ほどそんなに早く気付いたのかと仰ったでしょう?」

春乃が頷くと、秋臣は涼やかな目を細め、言葉を重ねる。

「矢のような視線を感じましたから」

秋臣はふっと笑い、僅かに首を傾けた。

「すみません。目つきが悪い男なんです」

慌てて冗談っぽく言い繕うが、貴音は笑みを零さなかった。

「それに彼は全国まで勝ち上がる気が満々のようですし」

「え……」

「それでは行かねばならないので……大塚さん、ありがとうございました。山城君もまた」

秋臣は会釈をすると、微笑みを残してその場を後にした。その背が小さくなり、角を曲がるまで見送ったところで、春乃は深い溜息をついた。

「何でそんな愛想ないのよ」

「矢のような視線ねえ」

「何？」

「どっちがだよって話」

貴音は不敵に笑って歩き始め、春乃は慌てて後を追いかける。

「もう、待ってよ」

「春乃」

「うん？」

横に並ぶと、背の高い貴音を見上げた。沈黙が二人の間に浮かんだ。ショッピングモールには幾人もの話し声が重なり、常に低い喧騒(けんそう)が流れている。しかしそれはBGMのように自然に耳に入り、間を埋めるには至らない。何故(なぜ)か春乃は吸い込まれそうな心地で、貴音の継ぐ言葉を待った。

「絶対、勝とうな」

貴音の笑顔が眩(まぶ)しかった。昨年、高校野球をテーマにした大ヒットドラマがあった。自分には無縁の台詞(せりふ)が飛び交っていたが、ふとその作中に飛び込んだような錯覚(さっかく)を受けた。

「うん」

間もなく夏が来る。いつか自分が大人になった時、この夏のことを青春と呼ぶようになるのだろうか。そのようなことを春乃はふわりと考えた。

3

かなりの苦戦を強いられている。花の調達のことである。

まずいつもお世話になっている「フラワーレイ」を訪ねた。そもそもここを訪ねた初めは、昨年の文化祭の前日のことである。翌日の展示のため、事情を告げて予算内で買える花を訊くと、口髭を蓄えたご主人は少し考えて言った。

「明日から何日間展示するの？」

「二日間です」

「そうか。少し待っていてね」

ご主人はそう言うと、色とりどり沢山の花を用意してくれた。素人目に見ても予算を超えていることはわかる。

「こんなに買えません……」

小声で言う春乃に、ご主人はにこりと笑った。がっしりとした体形で、どちらかというと強面である。それが笑うとアニメの熊を彷彿とさせる愛嬌があった。

「君くらいの子が花に携わってくれているのは嬉しくてね。サービスだよ」

「でも……」

「もう廃棄してしまう花もある」

「そうなんですか？」

ご主人はそう言うが、花に萎れはみられない。ご主人は少し悲しそうに笑って言った。

「いくら適切な処理をしても、切り花は日に日に弱っていくからね。数日で枯れるものは売ることは出来ないんだ。でも展示の間くらいなら綺麗でいられるはずだよ」

店は自宅と一緒になっているようで、奥さんがひょっこり顔を出す。すらりと背の高く、凜とした眉が特徴的な美人である。

「いらっしゃいませ。あら、可愛いお客さん。あんたこの花……もう少し元気な花に取り替えますね」

奥さんはご主人の腕をきゅっと抓り、こちらに笑顔を向けた。

「違うんだ」

ご主人は慌てて事情を説明すると、奥さんもようやく得心した。

「あんたがついに阿漕な商売を始めたのかと思って、頭にきちゃった」

「そんなことするはずないだろう」

ご主人は見かけによらず気の弱い返事をする。

「でもそういう事情なら……えーと、お名前は？」

「大塚春乃です」

「よし、春乃ちゃん。どの花が好き？」

奥さんはガラスの向こうに並べられている切り花を見た。

「あの紫の花ですかね」

今ではかなり勉強して花にも詳しくなったが、この頃はまだほとんど名も知らなかった。

「アゲラタムね。じゃあ……」

奥さんはアゲラタムを五本ほど取ると、ご主人が用意した花に付け加えた。

「これは今日仕入れたばかり……」

「こんな若い子が頑張っているのに、けち臭いこと言わないの」

春乃は何度も固辞したが、奥さんはそう言ってアゲラタムを包んでくれた。そのような心優しいご主人と、気風の良い奥さんが営んでいる花屋である。以降、事あるごとに売れ残りの花をもらっていて、大変お世話になっている。

しかし今回は通常の展示とは異なり、必要になる花の量が段違いである。フラワーレイの一店舗だけでは到底足りない。そもそも学校の近くにそれほど多くの花屋が無い。フラワーレイのご主人に聞いたことだが、ここ数年だけでも何店舗か廃業に追い込まれているという。

「昔に比べて花を買う人が少なくなったからね」

ご主人は哀しそうな表情で言った。ご夫婦で膝を突き合わせて、方法を考えてくれているという訳である。

「花は生き物だから、ロスの花を溜めて一度に使うということは出来ないものね」

奥さんは自らの額をこんこんと叩いた。確かにこれが他の物であれば、何か月も前から時間を掛けて集めていくことも出来る。しかし花は時間を掛ければ枯れてしまい、練習できる分量は一向に溜まらない。

「そもそも花屋ってロスは多くないの」

フラワーレイは奥さんの御実家で、旦那さんはそこに婿入りしたと話していた。業界に詳しいのは奥さんということになる。

「そうなんですか？」

奥さんの話によると、大抵の花屋は店頭で売っている花よりも、「仕事花」と呼ばれるスタンド花、供花の配達をメインにしているという。これらは注文を受けてから用意するため、売れ残るということはそもそもないらしい。

では店頭の花はどうかというと、

「長年に亘って花屋をしていれば、だいたいどれぐらい売れるか目算が立てられるの。それが出来ないようじゃ、すぐに潰れてしまうわ」

ということらしいのだ。それでも華やかさのためにも、少し多めに発注しなければならずロスは僅かながら出る。切り花は平均12％から15％のロスになるという。花持ちがよく、仏花としてよく出る菊がロスの率は最も少なく7％から9％、人気はあるもののあまり日持ちのしないカトレアなどは18％を上回ることもあるらしい。春乃が驚いたのはそこまで細かくデータを取っていることであった。別にフラワーレイが特別という訳ではなく、他の花屋でも当たり前のようにやっていることだという。

「それを元に翌年の発注をするんだよ。無駄にしちゃ、花が可哀そうだからね」

ご主人は穏やかな笑みを見せて教えてくれる。

「十店舗くらいは必要かもね……私たちも同業の花屋さんに訊いてみるわ」

「ありがとうございます」

奥さんは協力を約束してくれ、春乃は何度もお礼を言って店を後にした。学校に戻ると、丁度プレハブに向かおうとしていた長岡先生と鉢合わせた。

「ちょうど今、大塚さんを探していたの。一店舗、協力して下さる花屋さんが見つかったわ、一駅向こうの花屋さん」

「本当ですか⁉」

「土曜日に取りにおいでって。私が車を出すから、一緒に行きましょう」

長岡先生は他の部活の顧問もしているのに、ここのところずっと華道同好会のことばかりしてくれている。これでフラワーレイも合わせて二店舗の協力を取り付けたことになる。

「あと少しね。きっと集まる」

長岡先生はぐっと両手の拳を握って笑った。このポジティブさに励まされ、これまで春乃は一人でも頑張ってこられたのだ。

フラワーレイが知人の花屋の協力を取り付けたと、学校に連絡をくれたのはその翌々日のことであった。しかも四店舗である。春乃が職員室に呼ばれて電話を替わると、

――春乃ちゃん、これで全国大会にいかなきゃ承知しないからね。

と、奥さんは電話口で冗談めかして笑っていた。今週の土曜日に各店舗に取りに行くことになった。

目標の十店舗には届かないが、これで限界かと思い始めていた時、意外なところから朗報がもたらされた。数学の篠田先生が花を提供してくれるところを探してくれたのである。

「私の兄がホテルに勤めているんだ」

結婚式の時には沢山の装花が出る。大半は参列者で分けて持ち帰るらしいが、高砂の花などは纏めるのに時間がかかるので残していくこともあり、遠方からの参列者ばかりの場合など、特に多くの花が残るのだという。大きなホテルなどでは日に何組も結婚式が行われ、少なくない量の花が残るらしい。お兄さんに相談したところ、確実とはいえないが週末に出るだろう花を持っていってもよいと言ってくれたらしい。こちらは日曜日にもらうことになる。

「ありがとうございます！」

お礼を言うと、篠田先生は恥ずかしそうに頬を指で掻いた。

「二人とも、頑張っているからね」

篠田先生は貴音の担任でもある。ここのところ貴音の学力はみるみる上がっており、中間テストでも赤点は免れそうだと語った。

「よかった……あいつ何事にもやる気だけは凄いんです」

補習、家業の役者、勉強会、花いけバトルのこと。かなりのハードスケジュールをこな

しており、体を壊さないか心配したことがある。それでも貴音は、

——若いから大丈夫。

と、むしろおじさんのような口ぶりで嘯(うそぶ)いている。

「よく大塚さんの話は聞くよ」

「どうせ悪いことばかり言っているんでしょ？」

「どうだろう」

篠田先生は含みのある笑みを浮かべて続けた。

「再来週は観に行くつもりだから、頑張ってね」

こうして土日に、長岡先生に加えて篠田先生も協力してくれ、あちこちから多くの花をもらってきた。殺風景だったプレハブは虹(にじ)がちりばめられたように色づき、甘くやわらかな芳香が充満している。

「これで練習が出来る……」

春乃は興奮を抑えきれず声を震わせた。

「よかったわね」

長岡先生も満足そうに頷いた。土日に練習出来ればよいのだが、予選が終わるとすぐにテスト期間である。貴音も追い込みをしなければならない。土日は舞台の仕事もあるらしく、楽屋に教科書を持ち込んで空き時間は全て勉強につぎ込むという。

春乃も、花屋に行かない時間だけでも楽屋に詰めようかと提案したが、そちらを優先し

て欲しい、俺の分もお礼を言っておいて欲しいと念入りに頼まれた。そのようなことで、久々に一緒に過ごさない日曜日ということになる。

——少し、やってみようかな。

春乃は百合の花の茎を掴んだ。しかしすぐに手を離した。初めては貴音と一緒がいい。そう思って止めた。明日は月曜日、貴音はすぐに帰らなければならないが、昼休みにでも見せてあげよう。興奮する貴音の顔を思い浮かべて、百合の花弁をそっと指で撫でた。

翌日の昼休み、弁当を食べたらすぐに貴音に報せてあげようと思っていると、何と向こうからやってきた。

「春乃、いますか？」

教室がざわつく。二人で花いけバトルに出るということを知らない生徒もまだ多く、一体何事だと思うだろう。ましてや貴音は下の名前で呼んでいるのだ。それには渚も敏感に反応し、

「ねえ、春乃って呼ばれてんの？」

袖をちょいと引っ張って悪戯っぽく笑った。

「あ、いた。席替えした？」

最近席替えがあって、春乃は窓際に移動している。貴音は周囲に会釈をしながら、そこまで歩いてきた。

「うん……どうしたの？」

「花見せてくれよ。今日仕事ですぐ帰らなきゃならねえし」

「そのつもりだったよ。お弁当食べたら呼びに行こうと思ってた」

「そっか。じゃあ、待ってるわ。すみません。ここの席の人誰ですか？」

すぐ近くの空いた席を指差して、教室にいる生徒に尋ねる。それはテニス部の福島さんの席である。別の席でお弁当を食べていた福島さんが、恐る恐るといった様子で手を挙げる。

「借りていい？」

こくこくと頷く福島さんに、貴音は白い歯を見せた。

「ありがとう」

貴音は席に座ると、頬杖を突いてこちらを見つめてくる。

「見ないでよ。食べにくいじゃない」

「悪い」

貴音は視線を窓の外へやると、昼下がりの猫のような大きな欠伸をした。

「お弁当は？」

「そこにあるだろうよ」

宙を弾くようにして、春乃の弁当を指差した。

「そうじゃなくて……貴音は食べたのってこと」

「春乃も貴音って呼んでるんだ」

流れの中で思わず呼んでしまい、渚はにんまりと笑う。

「そう呼べって言うからね」

春乃はぶっきらぼうに答え、ハンバーグを箸で挟んで口へ入れた。

「俺、食べるの早いって知ってるだろ」

「いくら何でも早くない？　体壊すよ」

昼休みが始まってまだ10分も経っていないのである。

「食べるの早いの知ってるってことは……一緒にご飯とか……」

渚の意地悪な笑みに拍車がかかる。春乃は早く昼食を済ませようと、もうだんまりを決め込んで箸を動かす。片目を瞑るように細め、再び外を眺める貴音に、渚は少し前のめりになって訊いた。

「ねえ、山城君。訊いていい？」

「貴音でいいよ。何？」

貴音は頬杖を外して答える。微妙に苛立つのは何故だろう。春乃は黙然とご飯を口に入れる。

「じゃあ……貴音君は彼女いるの？」

「いないよ」

ふうんと心の中で呟く。まあ、それはそうだろう。もし彼女がいたら、この過密スケジユールに拗ねてしまうに違いない。

「いつから？」

おい、と少々口悪く、これも心の中で呼びかける。渚は何を思ったか、こちらを見て力強く頷き、周りを気にせずにぐいぐいと質問をしていく。

「一年前……かな」

思わずちらりと視線を上げてしまった。初耳である。それも訊いていないのだから当然であろう。

「何で付き合ったの？」

「これ取り調べ？」

貴音はへらっと笑って頭を掻いた。

「春乃の親友として、私は貴音君がどんな人か知っておく必要があるの」

どんな理屈なのだと突っ込みたくなるのを、ぐっと抑えた。

「なるほど。女友達ってそんなもんか」

取り合わないだろうと思っていた貴音だが、顎に手を添えて感心してしまっている。

「で、どうなの？」

渚は本当に取り調べをしているつもりになったのか、軽く両手で机を叩く。春乃は一切関与せずお弁当に集中しようとした。卵焼きが知らない間に無くなっている。いや、すでに口に入れている。

「二度も告白された……から？」

「なるほど。押しに弱い訳ね」

「いや、別に。明るくていい子だなって思ったから」

「明るい子が好きと。何でお別れしたの？」

「あんまり会えないからってフラれた」

「何で、あんまり会わないのよ！」

渚はどの立場で話しているのだろう。きっと貴音も同じことを考えているに違いない。

少し引き攣った顔がそれを表している。

「それは……まあ、色々あるから」

「何？」

貴音は困り果てて苦笑している。山城座のことは春乃を除けば、先生しか知らないと言っていた。わざわざ話したくないのだろう。

「バイトだよね」

「そうそう。家の都合で働かなきゃなんねえの」

助け船を出すと、貴音は目で助かったと送って同意した。

「そうなんだ。それは仕方ないね」

渚は我に返ったようで、申し訳なさそうに言った。

「俺、そういうの向かねえの。その時もほとんど会わずに終わったし。卒業するまではいいかなって」

水を浴びせられたかのように、胸が冷たく湿った心地がした。春乃はおもむろに食べかけの弁当の蓋(ふた)を閉めた。

「プレハブに行こっか」

「え、まだ食べてんだろ？」

貴音はきょとんとした表情になる。

「今日はお腹いっぱい」

「嘘つけ。あんだけチャーハン食べてたのに」

若くよく食べる人が多いからか、それともお客さんに存分に振る舞おうとしたからか、百合姉のよそってくれたチャーハンの量は多かった。残すのは悪いと普段より多く食べたのである。

「風邪(かぜ)気味だからかな？」

「まじで。気を付けろよ。大会前だから」

何度も何度も思う。貴音が花いけに本気になってくれていることは嬉しい。今では春乃と変わらない熱量で想(おも)ってくれている。でも、

――大会前だからは余計。

春乃はそう心の中で呟いてしまった。

「行くよ。凄いんだから」

春乃は目一杯の笑顔を作って立ち上がった。

「おう。楽しみにしてた」

貴音も子どものような笑みで応(こた)えて席を立つ。そして教室から出る前に福島さんに一言ありがとうと告げる。それがすごく自然な感じで、初対面の福島さんも笑みを零して返す。それが貴音の魅力だろう。それにいつしか春乃も惹きこまれていたのかもしれない。

「おお！」

扉を開けると、貴音は大きな声を上げてプレハブに飛び込み、室内を見回した。

「凄いでしょ？」

「ああ、これで練習出来るな……この花、何ていうの？」

「それはデンファレ」

洋蘭の一種で、切り花用として多く栽培されている花である。

「流石(さすが)。これは……」

「それは……」

「確かオオデマリ。丸小路が『緑一点』で使ったやつだな」

「正解。よく覚えてる」

先日のエキジビションで使われた時、貴音が訊いてきたので教えた。

「花って色々あるんだな」

「うん。当日はどんな花が用意されているかわからないけど、ここには季節を通して栽培されている花も多いから、きっと慣れるには役立つと思うよ」

「いよいよか……」

貴音は膝を折ってデンファレの花弁に鼻を近づけている。

「ねえ、私も一つ訊いていい？」

「何だよ。急に改まって」

貴音は眉を歪めながら膝を伸ばす。先ほどからずっと思っていたこと。訊かないでおこうと思ったが、無邪気に喜ぶ貴音を見ていると、口から零れ落ちてしまった。

「何でこんなに一生懸命になってくれるの？」

「ん？」

貴音は意味をわかりかねたか少し首を傾げた。間を空けるのが急に怖くなって、すぐに春乃は言葉を継ぐ。

「勉強教えるって約束したとはいえ、山城座も忙しいし、今では約束の日以上に頑張ってくれているし……予選突破なんて考えず、適当に参加して終わりにすることも出来るじゃない」

これじゃ渚のことなんて言えない。まるで尋問のように捲し立ててしまった。一体自分はどんな答えを待っているというのか。

「うーん、俺は……」

「どうせ、負けず嫌いだからでしょ」

聞くのが急に怖くなって被せるようにして言った。やるからにはとことんやる。それが貴音の持論だと何度も聞いている。

「楽しいから。それじゃ駄目か？」

貴音は眉間を人差し指で割るようになぞって続けた。

「誰かと何かを目指すのなんて初めてだしさ。陽君とか晴馬といい舞台にしようって意気込むことはあるけど、それって俺にとっては当たり前というか……」

「そっか。初めてか……私でよかったね。他の子だったらとっくに愛想つかしてるかもよ」

「へいへい」

春乃の冗談に貴音は適当に相槌を打って、二つある窓の一方に近づいていった。

「鍵、開いてるぞ？」

貴音はガラス窓を滑らせると、枠に両手を掛けて空を見上げた。お弁当を食べ終えた生徒も多いのだろう。廊下の賑わいが中庭にも降り注いでくる。

「風通し悪いと駄目な花があるから、少し開けておくようにしているの」

外を眺め続ける貴音の背に向けて春乃は言った。

「物騒じゃね？」

「夜は校門も施錠されて、セキュリティーが入るし、長岡先生も大丈夫でしょうって」

「ふうん」

狭いプレハブに沈黙が流れる。花の香りだけが逆に濃密に際立ったように思える。

「春乃でよかった」

「え……？」

「いいやつだし」

頬が上気して熱くなるのを感じ、慌てて屈み、花の世話をする振りをする。そっと覗き見たが、貴音は振り返っておらず、ほっと胸を撫で下ろす。

「ありがとう……」

「おう」

屈んだ春乃の視線の先、貴音の背中越しに蒼空が広がっている。立っている角度からは見えなかったが、こんもりとした雲が二つ浮かんでいる。風に流されて一つは校舎の陰に消えて行こうとしていた。

貴音は夏が過ぎれば転校していく。次は関西の学校で、そこで卒業を迎えることになると、二人の勉強会で言っていた。貴音がいない日々を想像するのが難しい。二人でやっていることは非日常のことなのに、不思議とそれが日常と思えるほど、貴音はあっと言う間に日々に溶け込んできた。

「貴音」

「ん？」

「勝つよ」

貴音の白いシャツの線がぼやけるほど空は蒼く、夏の始まりを彩り、哀しいほど綺麗であった。

「任せろ」

4

翌日、春乃は上機嫌であった。今日は方々からもらった花で、実戦形式の練習を行えるからである。

少ないけれど審査員もいる。まずは渚、次に顧問の長岡先生、そして長岡先生の誘いで篠田先生も参加してくれる。三票中二票取れば勝利ということになる。

相手は貴音。本番ではチームメイトとして出場するため、戦う最初で最後の機会でもある。

――絶対、悔しがらせてやる。

登校途中、口元が緩んでいたと思う。貴音も同じことを思っているに違いない。

「おはよう」

教室に入ると渚に声を掛けた。いつもより声が弾んでいることに自分でも気が付く。

「春乃！」

渚の様子がおかしい。昨日、風邪気味だと言ってしまったし、登校が遅くなったから心配をかけたのかもしれない。

普段は春乃のほうが早く着くが、母が作ってくれた弁当が忽然と消えるという事件があり、電車を一本乗り遅れてしまった。犯人は寝ぼけた凌太で、二つとも鞄に入れたというのが真相である。

「ごめん、遅くなって」

「長岡先生が春乃を呼びに……」

「どうかしたの？」

渚の顔は真っ青である。その時、長岡先生が教室に戻って来た。

「大塚さん、ちょっと」

長岡先生が手招きをする。その表情もひどく曇っており、授業開始まで10分ほどしかないのに呼び出すとはただごとではない。鞄を放り投げるように置き、長岡先生の側に行く。

「落ち着いて聞いてね。今朝来たら……」

「えっ……」

長岡先生に連れられてプレハブに向かった。そこで見た光景に、春乃は口を手で覆い、絶句してしまった。昨日まで整然と並んでいた花たちが床に散乱している。あちこちに空になったバケツが転がっており、中には割れているものもある。

踏みつけられたのだろう。花弁があちこちに散らばり、バケツにあった水とも混じって黒く変色している。充満するのも、昨日の爽やかな甘い匂いではない。花弁が腐り始めているのだろう。初夏の溝のような異様な臭いがする。

「誰が……」

それ以上の言葉が何も出てこなかった。長岡先生は春乃の肩を摩りながら掠れた声で言った。

「大丈夫。何とかしましょう」

「でも……今日は……」

「仕方ないけど、今日は中止ね。放課後に職員会議も開かれる」

夜の学校は警備会社のセキュリティーに守られている。外部からの侵入は容易ではないし、泥棒ならばこのような真似をしないだろう。長岡先生は明言を避けているが、恐らく学校内部の犯行に違いない。

「春乃！」

血相を変えて貴音が飛び込んで来た。

「貴音……」

貴音も言葉を失ったように、茫然となった。そして我に返ると、部屋の中を動き回り、犬のように鼻をひくつかせた。悪臭で貴音も怒りを強めたか、頬が見る見る紅潮していく。拳が小刻みに震えている。それを見ると、今まで必死に堪えていた感情がこみ上げ、眼から涙が溢れ出した。

貴音は肩にそっと手を添えると、囁くような小声で言った。

「大丈夫。また花を用意しよう」

「そんなの無理……」

フラワーレイを始めとする花屋はありったけを全てくれた。篠田先生のお兄さんの式場は、今週は式の数が少ないと言っていた。残りが出たとしても少ししかないだろう。

「長岡先生、電話いい？」

今の時代に合わせ、高校は携帯を持ってきてもいいが、授業中は電源を切る校則になっている。間もなく授業開始のチャイムが鳴る。

「大至急」

貴音が真剣な面持ちで言うと、長岡先生はこくりと頷く。貴音はプレハブの外に出てどこかに電話をしている。親父という単語が聞こえて来ることから、相手は義一らしい。舞台、お客さん、告知、そして「はなまとい」という聞き慣れない言葉も聞こえた。

「帰ったら相談する」

少し語調強く言って、貴音は電話を切ると中に戻って来た。

「春乃、授業始まるぞ」

「うん……」

「悪いけど、今日の放課後すぐに帰らなきゃならないことになった。今週はずっとそうなる」

「わかった……」

本当は放課後も側にいて欲しいと思ったが、貴音にはやらねばならないことが山ほどあるので無理もない。

犯人捜しはどうでもいい。練習出来ないことも我慢出来る。だがフラワーレイのご夫婦、快く協力してくれた花屋、篠田先生のお兄さんに申し訳ない。そして昨日まで可憐だったのに、無残に変わり果てた花たちが可哀そうで、止めどなく涙が流れた。

切り花はいずれ枯れる運命にある。そもそも花を土から切り離し、楽しむのは人間のエゴなのかもしれない。

それでも花は残り少ない命を燃やして、人の暮らしを彩ってくれる。人はその凛とした姿を見て、自分も誰かの彩りでありたいと願い、枯れゆく姿を見ていつか来る自分の終わりを感じる。

その最後の輝きさえ見せられず、このような仕打ちを受けた花たちを想うと、胸が引き裂かれるような思いであった。


翌日、春乃は学校を休んだ。病は気からというのは本当のようで、すっかり気落ちしたからか体の調子も良くなかったのである。

心配をかけたくなかったので家族には何も話さなかった。母だけは何かあったと察しがついたようだが、何も訊かず、いつもより少し優しく接してくれていた。

プレハブに鍵は掛かっていなかった。ここ数年は六月でも猛暑日になることが多く、日中プレハブの中は蒸し風呂のようになる。風通しをよくしておかなければ、花が傷むのだから仕方ない。まさかあんな酷いことをする人間がいるとは、夢にも思わなかった。

花器は壊されていないことから、まだ少なからず人気があり、音で気付かれることを避けたものと考えられ、恐らく月曜日の放課後に荒らしたのだと思われる。

職員会議でも内部の生徒の犯行だろうとなったが、校門ならばともかく中庭には防犯カメラもなく、犯人の特定には至っていない。それに春乃は怒りこそすれ、犯人捜しをするつもりはなかった。これで大会出場が閉ざされたという訳ではない。気持ちを切り替えようとするが、なかなかそう上手くもいかないのが現実である。

事件の翌々日、春乃が学校に行くと、真っ先に渚が飛んで来た。

「大丈夫……？」

普段は明るく、冗談ばかりいっている渚だがその表情は暗い。

「うん。ありがとうね」

作り笑顔でもいい。そこからでも始めねばならない。予選まであと十日しかないのだ。

「本当に酷い」

渚も目に涙を溜めている。こんな渚の姿を見たのは初めてだ。

「大丈夫。大会には出られるんだし、打ち合わせだけで何とかする」

「貴音君、休んだみたいだよ。今日も来てないみたい」

「え……嘘」

貴音も傷ついてはいるだろうが、だからといって休むような男ではない。それに進級の掛かっているテストは再来週で、学校に来ないという訳にはいかないのだ。

——大丈夫？　学校に来ないの？

その日の夜、春乃はメールを送った。しかし返事は無かった。

翌日の金曜も貴音は学校を休んだ。篠田先生に訊いてみたが、義一から風邪で休むと連絡があったらしい。

いよいよ心配になって、山城座のホームページを見る。土日の公演、出演者の中に貴音こと「八代目彦弥」の名もしっかりとある。どうやら事故にあったとか、大きな病気を患ったとかではないようだ。

——行ってみようかな……。

貴音の公演のことだ。そうすれば今、貴音がどんな気持ちでいるのかわかるかもしれない。ぼんやりとホームページを眺めていると、お報せの欄に更新がある。しかも最近、今週の月曜日である。お報せの内容は、

6月9日（土）、6月10日（日）の演目は『天竜いかだ流し』を予定しておりましたが、山城座唯一のオリジナル演目である『花纏』に変更させて頂きます。

元来、正月公演でしか見られない『花纏』、この機会に何卒ご覧下さいませ。

「花纏……」

貴音が電話をしていた時、そのようなことを口にしていたのを思い出した。さらにクリックすると『花纏』のあらすじが出て来る。

どうやら江戸時代の火消の話のようである。主人公は彦弥という名の軽業師。幼い頃に母に捨てられて、寺で育てられた。やがて山城座に養子に出され、軽業師として頭角を現す。同じく捨て子で共に育ったお夏と甚助という幼馴染がいる。甚助は火消になり、お夏は茶屋に養女に出される。

彦弥はお夏に恋心を抱いているが、そのお夏は甚助を想っている。そしてお夏は甚助の借金のために吉原に身を売ろうとする。お夏は高利貸しの証文を燃やそうとし、火事を引き起こしてしまう。そこに彦弥が駆け付けて、お夏を救い出すという筋である。山城座の初代彦弥の実話をもとにした物語らしい。

春乃は何げなくSNSで「花纏」と検索してみた。すると何人かの「呟き」がヒットした。どの人も急遽決まった『花纏』に興奮している様子で、その日のチケットを持っていなかった人の悔やむ声もあった。

「チケット完売……人気演目なんだね」

独り言である。だが貴音に話しかけるようになってしまった。急遽、この公演が決まったから、練習やリハーサルに時間を割かないといけなくなったのか。それにしても義一の性格や口振りから、学校を休ませるとはよっぽどのことであろう。

日曜日、父に頼まれて二人で庭の草むしりをしていると、斜向かいのお婆ちゃん、文江が家の前を通りかかった。

「あ、お婆ちゃん」

「春乃ちゃん、精が出るね」

「どうも、お出かけですか？」

父は額を首から掛けたタオルで拭いながら訊いた。文江の手には大きな花束が抱えられている。

「そう。追っかけ」

「もしかして……山城座？」

「あら、春乃ちゃん。山城座を知っているの？」

文江はおちょぼ口になって驚いた。

「少しだけ……今日は確か『花纏』ですね」

「すごく詳しいじゃないの。私もお知り合いから電話を頂いて知ったの。まさかこの梅雨時に『花纏』が観られるなんてラッキーだわ」

文江がラッキーだなんて言うのが可愛らしくて、春乃はくすっと笑った。

「『花纏』ってそんなに面白いんですか？」

「そりゃもちろん。山城座といえば軽業演目『花纏』といわれるもの。大道具から宙返りで飛び降りたり、すごく危ない演目だから、毎年年末にみっちり稽古して年明けに披露されるの。でも、どうしてこの時期なのかしら……」

文江は一気に解説してくれ、同時に疑問が浮かんだか首を捻った。

「楽しんで来てください」

「四代目甚助、楽しみだわ」

確か陽介のことである。文江はそう言うと、若やいだ表情で去っていった。山城座はこうして誰かを幸せにしている。そう思うと、何故か自分のことのように誇らしかった。

「春乃、随分詳しいな」

父は貴音に会っておらず、山城座も知らない。先日陽介が迎えに来てくれた時も、二階で大きな鼾を掻いて眠りこけていた。春乃は舞台で吟じるように台詞を言う貴音を思い浮かべ、得意げに笑って見せた。

「隠れファンだから」


週が明けて月曜日、後六日で関東予選である。プレハブの花を滅茶苦茶にした犯人はまだ見つかっていない。学校としても目撃者もおらず、どうしようもないということで、このままひっそりと収束を願っているように思えた。

一つ朗報があった。今日の朝、渚が校門で貴音と一緒になったらしいのだ。

「元気そうだった？」

「うん。春乃は元気にしてるかって訊いてきた」

渚はまたあのにやけた顔つきである。

――訊いてくれるなら、メール返してよ。

メールの返事が未だに無い。ＳＮＳでは既読も付くが、メールだと読んでいるかどうかもわからず、気を揉んでいたのだ。

四時間目の授業のチャイムが鳴り、昼休みとなった。皆が思い思いに集まりお弁当を広げる。春乃も渚を含め四人のいつものメンバーでお弁当を食べる。ウインナーを箸で持ち上げた渚は、少し身を乗り出してくる。

「春乃、今週は応援に行くから、活躍して酷いことした人たちを見返してよね」

渚は膨れっ面で、眉間に皺をよせた。

「ありがと」

「貴音君との初タッグね」

渚はきらりと目を輝かせた。

「そうなるね。正直、不安しかないけど」

「男女のペアって多いのかな？」

「うーん……多分ほとんどいないと思う」

事務局から送られてきたＤＶＤに移っていたペアはほとんどが同性同士、女性ペアが多かった。

「大会に向かううち、二人はいつの間にか互いを意識し合い……」

劇のような言い回しで渚は茶化す。貴音の好演が記憶に新しいため、余計にその大根役者ぶりが可笑しくて、春乃は噴き出した。

「ないない。そもそも貴音はそんなの興味ないみたい」

一条先輩ほどの美人の告白を断ったのだ。そうとしか考えられない。その時である。教室の扉がいきなり開く。

「春乃いますか？」

「あ」

春乃と渚の声が重なった。噂をすれば影が差す。貴音である。

「メール何で無視するのよ」

一週間会っていないだけだが、それまでが毎日のように顔を合わせていたため、少し身構えてしまい声が上ずった。

「え？　ごめん。ガラケーついに壊れてスマホに替えた」

「もう……それならそうといってよ。心配するじゃない」

「悪い。あとで俺のスマホに連絡先入れて。まだ使い方よくわからねえ」

「わかった。ところでどうしたの？」

「ちょっとプレハブの鍵、開けて」

春乃が席を立った時、ドアの横からひょいと男性が顔を出す。

「え、晴馬さん？」

　そこに立っていたのは何と晴馬である。しかも何故か両手いっぱいに花を抱えていた。

教室が一斉にざわつき始めた。

「あ！　春乃ちゃん、こんにちは」

「どうしてここに……」

「長岡先生に許可貰ってる。二人とも放課後は仕事だから、仕方なく昼休みに来てもらったって訳」

　貴音はそう言いながら教室に入ってきた。よく見れば晴馬の首には入校許可証が掛かっている。

「二人とも？」

　春乃が首を捻ると、晴馬を押しのけるようにして陽介が顔を見せた。

「こんにちは。お届けものです」

　陽介は茶化すように言い、くすりと笑った。こちらも色とりどりの花を沢山持っている。

「驚いただろ」

　晴馬の登場以上に教室がどよめく。

「びっくりした。花も二人も……」

「大丈夫、何とかするって言ったろ」

　確かに一週間前の事件の日、貴音はそのように言っていた。

「こんなに沢山どうしたの……まさか――」

「盗んだりしねえよ」

「じゃなくって、陽介さんや晴馬さんに迷惑掛けたんじゃない⁉」

これらを全て買うお金は貴音にはないだろう。二人に借りたのではないかと思った。

「春乃ちゃん、違うよ。これ、全部頂いた花」

陽介が二人のやり取りを見かねたように間に入る。

「誰にですか？」

貴音は春乃の耳元に口を近づけて囁いた。山城座のことは他の生徒には伏せてある。

「お客さん。座の皆に頼んで、土日の演目を替えてもらった。そういう意味では迷惑をかけちまった」

「『花纏』……」

「おお！　よく知ってるね！」

晴馬は興奮して花の束を揺らした。その様子が可笑しかったか、横で渚がくすくすと笑う。

「ホームページで見ました」

「げ、何でそんなとこまで」

貴音はばつが悪そうに顔を歪め、やはり耳に向けて小声で言った。

「『花纏』って演目は、お客さんが最後に舞台に花束を置くのが慣例になってるんだよ」

誰が始めたのか江戸時代から続くことらしい。昔は切り花を舞台に向けて放り投げたが、今では後片付けを考慮して、客席から舞台に花束を置きにきてくれるようになっているという。

「だから演目を替えてくれたの……？」

「ああ、すげえ危ない演目だし、正月しかやらねえんだけどな。最初は親父も駄目だって言ってたけど……事情を話したらころっと態度を変えた」

小声で話しているため貴音の顔が近い。それを渚はにやついて見ている。

「座長は何て？」

「女を泣かす奴は許さねえ。でも、それで指を咥えて何もしねえ男はもっと許さねえ。貴音、ずる休みだ。って」

二人で顔を見合わせて笑ってしまった。ずる休みを指示する親は褒められたものではないかもしれないが、義一らしい考えである。

「どうだ、足りるか？」

「すごい……いけるよ！」

花束用のため本番のものよりは随分短く切られているが、それでも練習には十分すぎるほどである。

「こんだけ沢山、俺だけで運べないからさ。陽君と晴馬に車で運んで来てもらった訳」

「春乃ちゃん、プレハブってバケツある？」

陽介は花を持ち直しながら訊いてきた。

「あります。でも水道が無いんで、外で水汲まなきゃ」

「ああ、俺らやるから。貴音に鍵貸してやって」

「いえ、そんなの悪いです。私も行きます」

お弁当に蓋をし、鍵を取ろうと鞄のファスナーを開ける春乃に、渚は頭を机より低く下げて囁いてきた。

「春乃……」

「何？」

「この人たち誰？」

「貴音の……」

貴音の一座の人と言いかけて言葉を詰まらせた。親友とはいえ、山城座のことを勝手に話すのは気が引ける。春乃はちょっと考えて答える。

「貴音のお父さんの部下……かな？」

「めちゃくちゃかっこよくない？」

「ああ、陽介さん？」

「ううん。もう一人の」

春乃はちらりと陽介を見た。

「晴馬さん⁉」

「はいよ。どうした？」

思わず声を上げてしまい、晴馬はびっくりしている。

「ううん、ごめんなさい。何でもない」

「かっこいいし、何か可愛いよね」

言われて改めて見ると頷けるところもある。陽介と違い、あどけなさも残る悪戯っぽさが好きと思う人もいるだろう。

「取り敢えず、行ってくるね」

見惚れているらしい渚に苦笑し、春乃は貴音と共に教室を出た。春乃の教室は二階にある。階段を降りて中庭に出れば、プレハブ部室はそう遠くはない。

「めっちゃ見られてね？」

貴音は階段の吹き抜けを見上げた。階段の手摺から身を乗り出して見ている生徒もいる。すでに春乃は一緒に来るんじゃなかったと後悔している。廊下、階段、果ては屋上からと多くの視線を感じるのである。

「二人とも背が高いからじゃねえの」

晴馬も百七十センチくらいだろう。決して低い訳ではないが、残る二人は確かにそれ以上に高い。だが理由はそれではないと気付いていた。

プレハブに入ると、陽介が言った。

「一度、ここに置くね」

陽介は子どもを寝かしつけるように、そっと机に花を置いた。

「お二人ともありがとうございます」

「本当は俺だけで十分だったんだけど、晴馬が連れてけって煩くてさ」

「高校入ったことないからさ。まじで感激だわ。学園ドラマって感じ」

晴馬も倣(なら)って花を置くと、プレハブの入口から身を乗り出して校舎を見渡す。丁度、屋上から女子生徒が何事かと見下ろしている。

「春乃、水汲もうぜ」

「うん!」

貴音は両手にバケツを持って外に軽快な足取りで出て行った。

「春乃ちゃん」

「はい」

春乃もバケツを摑んだところで、陽介に呼ばれた。

「ありがとうね」

「何でですか……こっちのほうこそ」

晴馬もバケツを持って外へ出ると、屋上に向けて手を振った。驚かせたか女子たちが去っていく。それを見て春乃は小さく笑った。

「笑顔が戻ってよかった。貴音、すげえ真剣だったから。春乃をもう一度笑わせてやるって」

「でもそれで演目まで替えさせてしまって、本当にごめんなさい」

「いやいや、お客さんも大喜びだったから、結果オーライってことで」

そこに早くも水を汲んだ貴音が戻って来た。

「何してんだよ。昼休み終わっちまうぞ」

「ごめん、ごめん」

春乃も慌ててバケツを両手に持つ。

「転ぶぞ。一つにしとけ」

「貴音、随分優しくなったじゃないか」

陽介がからかうと、貴音は苦い顔になってまた水場へ向かう。陽介と顔を見合わせて眉を開くと、春乃は忠告に従ってバケツ一つを持って中庭に出た。口元が緩む。高い太陽の光を浴びる貴音の背は大きく、とても頼もしく見えた。

第四章　破竹！

1

予選当日の朝が来た。花いけで使う道具は全て持ち込みとなっている。春乃は忘れ物が無いかともう一度チェックした。とはいえ春乃の道具は枝切鋏と紐、オアシスだけである。あともう一つ、忘れてはいけない大事なもの。予選の二日前に香川の祖母から荷物が届いた。そこに入っていたのは手作りのシザーバッグであった。美容師が腰に巻いているものに似ている。大振りのポケットが二つ、さらに鋏も差せるようになっている。

すぐに電話を掛けているところを見せてお礼を言った。祖母は、

——それを付けているところを見せてね。

と、励ましてくれた。何としても全国大会が開かれる香川に行く。春乃は改めて決意した。

「忘れ物ない？」

母も落ち着かないようで、そわそわとしている。

「大丈夫」

「鋸は？」

「貴音かな」

「ドリルは？」

「それも貴音」

そのような確認をしている時に丁度父が起きて来た。

「春乃、何か壊しにいくのか……？」

「違うよ。今日、花いけの予選」

「それにしては荷物……」

父はこめかみを指で掻いた。今日の予選、あとで父や母も観に来てくれる。何と今朝になって湊太まで、

――俺も行こうかな。

と、言い出していた。季節は梅雨真っただ中、一昨日から昨夜にかけての大雨でグラウンドの整備が追い付かず、練習が中止になったらしい。

最終練習は火曜、木曜と行った。木曜には当初予定していたように、渚や長岡先生、篠田先生に来て貰って試合形式で行った。二人一組の練習もやって見せた。渚は想像以上だったらしく、

「絶対二人ならいけるよ！　他の人しらないけど」

と、ちょっと無責任だが、手を叩いて興奮していた。その渚も今日は観に来てくれることになっている。

「じゃあ、行ってくる」

春乃は不安げに見送る母に手を振り、会場へと向かった。関東予選が開かれるのは池袋

のサンシャインシティ、噴水広場に特設ステージが作られてそこで行われる。道具の多い貴音は、車で晴馬に送って貰い、すでに会場に到着していた。脚元に大きなバッグを置き、腕を組んでステージをじっと見つめる貴音を見つけた。

「おはよう」

背後から春乃が声を掛けると、貴音は振り返った。

「おう」

「早いね」

「晴馬、仕事だからな。先に送ってくれた」

「あー、緊張してきた。貴音は?」

春乃は胸に手を当てて長く息を吐いた。朝はそれほどでもなかったのに、駅に着いたあたりからいよいよだと思うと急に緊張してきた。

「全然。むしろ楽しみ」

貴音は鼻を鳴らした。貴音の初舞台は四歳の時だったらしい。山城家ではだいたいこの時期に子役として、次代の当主を披露することになっているという。すでに十五年近く舞台に立っている貴音には、緊張などという言葉は無縁なのかもしれない。

その時、小学校低学年くらいの女の子がこちらに駆け寄って来た。

「貴音兄ちゃん!」

「お、千夏。久しぶり」

千夏と呼ばれた女の子の後ろを、夫婦らしき二人が歩いて来る。男の人には見覚えがあった。山城座の音響を担当している重さんである。

「応援しに来たよ」

「重さん……お仕事は大丈夫なんですか？」

貴音は千夏と話しており、春乃が応じた。

「千夏がどうしても見たいっていうからね。昨日の内に音響の仕込みをしといたんだ。終わったらすぐに駆け付ける」

「そうなんですね。ありがとうございます」

体格のいい重さんと対照的に、奥さんは細身のすらっとした美人である。

「お父さんと一緒に応援するって、朝からはしゃぎっぱなしで。頑張って下さいね」

「はい。頑張ります」

千夏が貴音の手を引きながら言う。

「貴音兄ちゃん、負けないよね」

「俺が舞台で負けると思うか？」

「ううん」

「しっかり見とけよ」

千夏はこっちをじっと見てちくりと言った。

「お姉ちゃん、失敗しないでね」

「こら、千夏」

重さんは千夏を軽く叱ると、苦笑しながら言った。

「千夏は貴音が大好きなんだ。ごめんよ」

「いいえ。千夏ちゃん、脚を引っ張らないように頑張ります」

春乃が微笑みかけると、千夏も弾けるような笑みを見せてくれた。

「子どもも多そうだな……」

貴音はちらほらと席を取り始めるお客さんを見ながら、独り言を零した。

「どうかした？」

「春乃、少し作戦変更するか」

「じゃあ、貴音。応援してるからな」

貴音が相談を始めようとしたので、重さんはそう言って観客席へ戻っていった。

10分ほど二人で打ち合わせをしていると、ステージ脇に人が集まり始めた。同じ参加者の生徒たちだろう。制服姿がちらほらいる。大半が女子だが、少ないけれど男子の姿もあった。今回の関東予選は、二十四チームがエントリーしている。予選は本戦とは趣が少し異なる。まず一対一ではなく、三組同時に花をいける。客、審査員はそれに点を付ける。これを八度繰り返し、全チームの点数を弾き出し、上位四チームがトーナメントに進出することになるのだ。

「話していた通り、一回戦こそ一番気合い入れていくぞ」

貴音は他校の生徒たちを眺めながら、顎に手を添えて言った。

一対一の決闘方式ならば、一点でも相手を上回ればよい。しかし一回戦はその組で最高得点を取ったとしても、全てのチームの上位四チームに入らなければそこで敗退が決まってしまう。

「強いチームが組にいれば、勝てたとしても、票を取られちゃうからね」

春乃はそのことに気付いており、最終練習の時に貴音と相談していたのだ。お客さんの数は変わらない。それを三チームで分け合う形になる。仮に票の総数を100とする。三チームの中で、一チームだけが突出していれば、

――Aチーム70、Bチーム20、Cチーム10

といった得票数になるだろう。では二チームが強豪であったらどうか。

――Eチーム50、Fチーム45、Gチーム5

このような結果が予想される。これでAチームより、E、Fチームが作品の魅力で勝っていたとしても敗退がほぼ決まる。三チームの実力が伯仲しており、三つ巴の展開にでもなれば得票数はさらに下がってしまうだろう。つまりいかに大差をつけるかが突破の鍵となり、初戦こそ全力でぶつからねばならない。

参加者の集合時間となった。ここでくじを引き、対戦相手が決まる。

「貴音、引いてよ。くじ運いいでしょ？」

町内会のガラガラ抽選会などでも、一番下の六等以外引いたことがなく、自分にはくじ

運はないと思っている。出来れば引きたくなかった。

「晴馬よりましってだけ。どうなっても文句は言わねえからさ」

貴音はやはり緊張していないのか、いつもと変わらぬ笑みを零した。そこでふと気付いたが、周りの参加者たちが、ちらちらとこちらを盗み見している。なるほど男女のペアは自分たちだけである。二組の男子同士のチームを除けば、他は全部女子のチームということで、かなり珍しいのだろう。

順々にくじ引きが行われ、参加者はそのたびに一喜一憂する。春乃らの順番は後半であった。

申し込み時にチーム名をつけなくてはならない。別に「○○高校華道同好会」でもいいのだが、大半のチームがチーム名に趣向を凝らしているし、春乃としてもどうせならばこの二人ならではの名を付けたかった。

「次は……チーム『ハルノオト』の方」

「はい」

春乃は進み出ると、心の中でお願いと念じてくじを引いた。

「七組です」

周りで小さく喜びの声が上がる。春乃にはその意味がわかった。七組には昨年の関東大会覇者にして、全国大会ベスト4の強豪、富咲学園がすでに入っているのだ。いわゆるお嬢様学校の富咲学園は、伝統のある華道部を有している。先ほど七組を引いたチームの生徒たちは肩を落としており、残り一枠に入らないように皆が祈っていた。

「なに？」

貴音は首を捻って訊いてきた。

「富咲学園は凄く強いの……ごめん」

自分のくじ運のなさがつくづく嫌になる。

「そういうことね」

貴音は顔色を変えるどころか、早起きが応えたか、欠伸を堪える有様である。

くじ引きが終わった後、富咲学園の生徒たちが近づいて来た。

「七組で一緒になりました富咲学園『銀鈴花』の蓮川京子です。こちらは梅田萌、どうぞよろしくね」

そう挨拶をしたのは、長い黒髪をなびかせた女子生徒。潤んだ瞳と、締まった口元が清楚な美人である。もう一人のほうはショートカットで大人しそうに会釈をする。二人とも高校三年生らしく、春乃らより学年は一つ上ということになる。

「よろしくお願いします。私は大塚春乃で、こっちは山城貴音です」

「男女のペアって珍しいわね」

「はい……そのようですね」

「華道部なの？」

「華道同好会なんですが、会員は私一人で。こっちは助っ人というか……」

蓮川の口元に嘲りの色が浮かび、小さく鼻を鳴らした。

「ああ、そういうことね。記念参加って訳だ」

「え？」

「だってそうでしょ。数合わせに彼氏を連れて来るなんて、勝つ気が無いじゃない」

「違います！」

蓮川が言い終わるや否や、春乃は噛みついた。今まで声を荒らげるようなところは一度も見せたことがないからだろう。それに貴音は少し驚いたように眉を開いた。

「彼氏じゃないんだ」

蓮川はもう一度、ふふんと鼻を鳴らした。

「そっちも違うけど……もう一つのほう」

「もう一つ？」

「記念参加なんかじゃありません」

「へえー……一回戦突破くらいは目標にしてるって訳ね。でも私たちが相手とは運が悪かったわね。大丈夫、あなたたち二年生でしょ。私たちと違って次がある。また来年頑張ってね」

蓮川は口が立つらしく、流れるように一気に捲し立てる。話している途中、何度も割って入ろうとしたが、その隙は全く無い。

「私たちも来年なんてない……」

そう震える声で返すのがやっとであった。それも蓮川には聞こえなかったか、やり込めてやったといった顔で、チームメイトの梅田と笑い合っている。

「えーっと……」

貴音が一歩進み出て顔を顰めた。

「何かしら？」

蓮川は冷たく笑って応じる。

「バス川さん」

「誰がバス川よ！」

蓮川は血相を変えてすぐに反論する。

「パス川さん？」

「は、す、か、わ、蓮川！」

「そうか。蓮川さんね。富咲学園って凄く賢いんでしょ？」

「ま、まあね」

富咲学園は都内の私立の中でも、三本の指に入るほど偏差値の高い高校である。

「その割に間違いが多いね。三つもある」

貴音は片笑みながら頬を指で掻いた。

「三つ？　言ってみなさいよ」

「一つ、春乃も今言ったけど、俺たちも来年は無い。俺、転校しちゃうからさ」

「ふうん。じゃあ、あなたたちもラストチャンスって訳ね。それで？」

蓮川は顎を突き出して見下ろすように春乃を見た。

「二つ目は、一回戦突破なんて目指してない」

「まさか全国大会に出るなんて言わないでしょうね」

蓮川が笑いながら嫌味たらしく言うと、梅田も噴き出す。

「言わないよ。全国大会優勝ね」

貴音が真顔で言うと、二人の笑みがぴたりと止んだ。

「一応、最後も聞いておくわ」

「三つ目、運が悪いって言っていたけど、俺は運がいいと思っている。お二人って、去年全国ベスト4なんでしょ？」

「ええ。それで何で運がいいって言えるの？」

蓮川は幼児に尋ねるように猫なで声で言った。

「うちの相方、凄いんだけど、気が弱いのが玉に瑕なんだ。蓮川さんたちを倒せば、自信を持って全国まで駆け上がれる」

貴音はにこりと笑うが、蓮川は何も言葉が出ないようで歯嚙みしている。

「春乃、行くぞ。じゃ、また後で、蓮川さん」

貴音は春乃の腕を摑むと、残る一方の手を蓮川らに向けて軽く振って、その場を後にした。

「呑まれすぎな」

少し離れると、貴音はそう言って笑った。

「ありがと。でも、大口叩きすぎ」

春乃もいつもの調子で返した。

「自分を奮い立たせるためだって。あそこまで言ったら、負けられねえだろ？」

「うん。負けないから大丈夫」

貴音が腕を放すと、春乃は微かに息を漏らした。会場に着く前から緊張を感じ、くじ引きの時にはさらに体が強張っていた。しかし今は肩の力も抜けて、すっかり元通りになっている。

貴音は不思議な男である。どんな時も、きっとどうにかなると思わせてくれる。春乃は頬を紅潮させる貴音の横顔を見て改めてそう感じた。

「第七組のバトラーは舞台に上がって下さい！」

司会に呼ばれてステージに上がる。司会、実況を務めるのは先日と同じ人である。富咲学園「銀鈴花」は昨年全国ベスト4だと紹介され、観客からも感嘆の声が上がった。客席で手を振る高校生らしき十人ほどの集団がある。蓮川はそれに軽く手を振って応えていた。富咲学園の生徒、華道部の後輩であろうか。観客も皆が一点を持っていることを考えれば、応援団は多いに越したことはない。

「あ、凌太」

貴音が呟く。観客の中に凌太の姿があり、その横には父と母の姿も見える。母は早くも手を目の前で組み、祈るような恰好でいた。父はこちらが気付いたことがわかったようで、ぐっと拳を握って見せた。

「宮戸川高校、『ハルノオト』です。関東大会唯一の男女ペアにご注目下さい！」

紹介されると春乃が礼をし、貴音も慌ててそれに続く。舞台の上から見る景色は、下から見るのと随分違う。両側に花材が並べられ、中央の観客はそれに包み込まれているかのように見えた。あと一組は二チームしかない男子同士のチームで名は「花いけボーイズ」という。ひとまずこの三チームで争うことになる。

ふと脇を見ると、蓮川がこちらを睨みつけていた。

「貴音が怒らせるから」

「本当のこと言っただけだって」

小声でやりとりして自分の机の前に立った。花器は丸型で薄茶色、口は直径四十センチほどとかなり大きめである。今回は三チームともこの花器を使う。

春乃は大きく深呼吸をした。今日、会場に着いてからどのような花材があるのかはしっかり見た。大凡の形については二人で打ち合わせした。それは他のチームも同様で、花や流木を指差して相談していたのを見た。

そんな中、貴音だけは他のことに注目していた。

——今日は客層が若い。子どもがかなり多いな。

貴音は席に着いている観客の顔を見渡しながら言っていた。今日は梅雨の晴れ間の日曜日ということもあり、小学生くらいの子連れの家族が確かに多い。貴音はそのことからある提案をしてきた。

「それでは第七組……スタート！」

ＭＣのコールで三チームが一斉に動き出した。やはり瞬発力があるのは男である。真っ先に会場に降りたのは花いけボーイズの男子二人、そして貴音だった。花材は早い者勝ちであるため、ここで予定していたものが奪われれば、構想が土台から崩れることになる。花いけボーイズは一人が流木、一人が花を見繕う。蓮川、梅田の銀鈴花も二手に分かれて花を取る。ではハルノオトはどうか。貴音は長い竹を担（かつ）ぎ、春乃は花を集める。これは打ち合わせ通りである。

満天星（どうだんつつじ）という木がある。柔らかく鮮やかな緑が美しい、使い勝手のよい花材である。これに花いけボーイズの男子、蓮川、春乃が同時に手を掛けようとした。満天星は二本しかない。一本は形よく、もう一本はややバランスの悪い枝振りに見えた。春乃はやや出遅れている。

男子はいち早く手を伸ばし、良い方の満天星を引っ手繰るように取った。

「まあ、下品なこと」

蓮川は苦笑してもう一本を抜いた。もう満天星はない。春乃は即座に頭を回転させる。

代わりに取ったのは馬酔木という木である。馬がその葉を食べ、酩酊状態のようになったことから、この字が当てられている。

一方、貴音は片方の肩に竹を担ぎ、残る手で目当てのグラジオラスを取ろうと近づく。古代ローマの剣であるグラディウスに似ていることから、その名が付いたともいわれる花で、花の決闘には相応しい花かもしれない。これも用意されている本数は少ない。

銀鈴花の梅田萌もグラジオラスを狙っているようだったが、貴音のほうが僅かに早く花の元へ辿り着く。それらを横目で見ながら、春乃は舞台に戻っていた。

「あ、これ使うの？」

グラジオラスに手を掛けた貴音が、梅田の存在に気付いた。

「う、うん……」

「どうぞ」

「え⁉」

梅田はまさかの一言に声を上げた。驚いているのは春乃も同じである。

「おおっと、ハルノオトの山城貴音、梅田萌に花を譲ろうとしている！」

さらにMCもこれは意外だったようで、この不可思議なお見合い現象を実況した。

「いいの……？」

梅田は覗うように尋ねた。

「俺、別の花使うし」

「後悔しても知りませんよ」

「しねえよ。時間ないし急ぐわ」

貴音はすぐさま狙いをトルコ桔梗に変えて束で取った。

「レディーファーストだというのか？　それとも可愛かったから思わず譲ってしまったか！」

MCは観客を盛り上げるためにユーモアを交えて実況を続ける。貴音は実況席を見ると、口元を緩めて竹を担いだまま指で輪を作った。正解というジェスチャーに、観客はどっと沸き上がった。

「何かっこつけてんのよ」

ステージの上に戻ってきた貴音に向けてちくりと言った。

「かっこいいから仕方ねえだろ」

貴音は軽口を叩いた。目当ての花を譲るなど、優しいのを通り越して甘いかもしれない。苦言を呈したものの、実は春乃も誇らしかった。先ほど目の前で攫われた時、あの男子は花をぞんざいに扱っており、満天星の葉が何枚か落ちた。奪われたことよりも、そのことに胸が痛んだのである。奪い合いも起きず、グラジオラスは梅田の手の中で美しく咲き誇っている。

「よく取ってきたわね」

蓮川が梅田に話す声が聞こえた。

「うん……」

「あと4分ほど。早く作品を仕上げるわよ。まずグラジオラスを一本。次にギガンジウム」

蓮川が促し、梅田は頷くとグラジオラスを手渡す。蓮川がメインでいけ、梅田はそのサポートに徹するという作戦である。

「チーム銀鈴花、いけるのは蓮川だけ、梅田はそれを助ける作戦のようだ。ギガンジウムは……」

ＭＣが状況を説明しつつ、花の解説も入れていく。

ギガンジウムは淡い紫の花弁で、全体はぼんぼりのように丸い。ニンニク、タマネギなどと同じ「アリウム属」であり、その中でも「アリウムの王様」とされている。春乃は勉強して知っていたが、これで観客の中には感心して頷く人もいた。自分の父などもその一人で、何度も頷いている。

蓮川はかなり上手い。バランス、高さ、色合い、見事に整えながら進める。さらに満天星を梅田に持たせて、自身は腰から鋏を取り、細い枝を落としていった。先ほど見栄えのよい満天星を取られてしまっていたが、蓮川が鋏を入れると、それよりも美しい形に仕上がったように見える。蓮川の手際の良さに観客も魅了されている。

――集中しなきゃ。

気になってちらちら見ていたが、自身の作品に向かわなければならない。ハルノオトは春乃が花をいけ、貴音が竹の加工と棲み分ける作戦である。

貴音は道具袋をステージの前に置くと、中から電動ドリルを取り出して頭上に掲げた。

「ハルノオト、取り出したのは電動ドリルだ！　花いけバトルは、作品を作るための道具の持ち込みが認められています。鋸などは今までもありましたが、これは初めてです！」

どのように使うのか皆が注目する中、貴音は真竹をステージの前に立て、観客に向けて大声で話し始めた。

「さあ、今からこれを使って竹に穴を空けていきます。その穴に、花をいけていきます……どこに空くかは私もわかりません」

一人称も変わり大人びた話振りになる。いや、というより舞台の口上に似ている。そしてどこに穴が空くかわからないとはどういうことかと、観客が一様に首を捻るのがわかった。

「どこに穴を空けるか決めるのは皆さんです。今日はお子さんも多いようですし……折角ですから良い子のみんなに決めてもらいましょう。じゃあ、どこに空けるか決めたい人ー！」

「はーい！」

後半になるにつれて保育士の先生を思わせる、優しく明るい口調になる。

観客席には子どもが十人以上いたが、その中から元気のいい子が手を挙げる。一番身を乗り出して、何度も手を突き上げる男の子がいる。貴音はその子に掌を向けてにこりと笑った。

「かっこいい名前だな。じゃあ、お兄さんが上から下に指を滑らせるから、ここって思ったところでストップ！　って言ってくれよな」

「わかった！」

泰斗君は元気よく返事をして、お母さんらしき人も満面の笑みを浮かべている。春乃は微笑みながら、祖母手作りのシザーバッグから鋏を取った。馬酔木の余分な葉を落としていく。貴音が観客と話している間も手を休めはしない。

「じゃあ、いくぞ。速すぎたら言ってくれよ……よーい、スタート」

貴音は膝を曲げながら竹の表面に指を高速で滑らせる。ストップという隙も無い。

「速すぎー！」

泰斗君が不満の声を上げ、会場はわっと笑いに包まれた。

「ごめんな。もう一回、今度はゆっくりいくぞ」

先ほどと同じように指を走らせる。今度は十分すぎるほどゆっくりとした動きである。

「ストップ！」

「よし、ここね。ありがとう」

貴音はすぐさまドリルを右手に持ち替えると、泰斗君が決めた場所に穴を穿つ。観客の大半が貴音に視線を注いでおり、ひくいどよめきが聞こえた。

「一個じゃ足りない。他に決めたい人！」

また会場の子どもたちが手を挙げる。さっきは遠慮していた子どももいたのか、一回目よりも手の数が多くなったように見える。

「そこの女の子と……えーと、こっちの男の子」

「山城貴音、観客に穴の位置を決めさせている。残りは3分、間に合うのか⁉」

MCの実況が入る。貴音は必ず間に合わせると言っていたが、春乃も心配ではある。しかし貴音は焦る素振りもなく、二人の子の名を尋ねつつ、竹を回して観客から見える面を変えた。

「時間が無いらしいので、同時にいきましょう。それぞれ好きなタイミングでストップをお願いします！」

ドリルを一度舞台に置くと、竹を膝に挟んで直立させる。そして抱きかかえるように両手を前に回し、左右の人差し指を上から滑らせた。男の子は早めに声を出し、女の子は遅め。自然と貴音は苦しい恰好に追い込まれた。その姿がまた滑稽で、くすくすと笑っているお客さんもいる。

「よし！　この場所を覚えていてね」

貴音はさっとドリルを取って、手際よく二箇所に穴を穿った。

――残り2分。

次に鑿を取り出すと、竹をステージに横たえ、子どもたちが空けてくれた穴以外のところに鑿を打つ。手早くさらにもう一度打つ。そして金槌（かなづち）で叩くと長方形の小窓が出来た。竹細工師の小野に習った方法である。その手際の良さに皆が舌を巻いているのがわかった。

その小窓に紫と白のトルコ桔梗をいけつつ、ちらりとこちらを見た。

「そのオオデマリ貰っていいか？」

「うん！」

春乃がいけている作品との色合いを気にしているのだ。オオデマリを二本取ってトルコ桔梗の中に混ぜた。残りのトルコ桔梗は三本、

「これは大山泰斗君が決めてくれたところに」

指で紫のトルコ桔梗を回し、穴にそっといける。

「次の白い花は津田琉莉（つだるり）ちゃんのところに」

同じようにくるくると回して差し込む。先ほどの女の子がわあと声を上げたのがわかった。

「最後は野田雄介（のだゆうすけ）君！」

竹の下の方に空いた穴にいける。

——残り1分。

「ご協力、ありがとうございます。小さなバトラーたちに拍手をお願いします！」

終了時間が刻一刻と迫る中、にこりと笑って言い放ったその一言に、観客は弾かれたよ

うに一斉に動き出し、会場に大きな拍手が巻き起こった。

「ここで銀鈴花、ほとんど完成している！　季節の花をふんだんに使い、素晴らしいバランスです」

「貴音！」

「わかってる！」

　春乃の作品も完成に近い。白と桃色のダリアを、馬酔木の鬱蒼とした雰囲気で包み込んでいる。さらに隙間に金雀枝をあしらうことで、その黄色い花が馬酔木に咲いたかのように見せている。春乃は最後のダリアを顔に近づけて目を閉じた。甘さの中に大人っぽい色気のある香り。春乃は目を開くとそれを花器に真っすぐいけた。

――残り30秒。

　春乃は鋏で余計な葉を落とし、全体のフォルムを整える。貴音は竹を両手で持つと、春乃と場所を替わった。春乃はいけた花を傷つけぬようにそっと前面に押し出す。貴音が子どもたちと「共作」したこの竹のオブジェを、花器に突き刺すのである。竹の長さは一メートル五十センチほど、バランスを崩せば倒れてしまう。皆の視線がその一点に集まり、唾を呑む音が聞こえそうなほど緊張が走る。

――残り、10秒……9、8、7……。

　貴音がこちらを見て微かに笑った。大丈夫、心配ない、目だけでそう言っているのがわかった。貴音は竹からそっと手を離す。竹は直立不動、春乃も花器からさっと手を引くと、二つの作品がぴたりと一緒になった。安堵の声が聞こえる中、貴音は観客に向けて深々と礼をする。今日一番の歓声が巻き起こり、終了の合図が高々と宣言された。

銀鈴花の作品は色彩豊かでありながら上手く纏まっている。正面からだけでなく、両脇寄りの観客にも作品の「顔」がよく見えるように計算されていた。それに比べれば花いけボーイズの作品は色と色がぶつかり合っているところがあり、一段落ちるように見えた。ハルノオトは、竹が雄々しくそそり立って、その根元を春乃のいけた花が彩る。竹の穴から出る花々は生命が息吹いているのを表現した。あとは審査員、観客に判断を委ねるしかない。

「それでは審査に入ります。バトラーは後ろを向いて下さい」

1分の鑑賞タイムを挟み、MCに促されて観客に背を向ける恰好になる。観客は最もよかったチームに投票する。事前に配られた赤、白、青の三種のカードを上げるという仕組みである。赤が男子二人の花いけボーイズ、白が蓮川、梅田の銀鈴花、青がハルノオトである。

「それではカードをどうぞ！」

観客が手を挙げる気配を背に感じ、集計がなされている。これに審査員の持ち点を加えられて発表されるのである。

「どうだろう……」

春乃は祈るように手を前で組んだ。

「思い切りやったし、あとは待つだけ」

「緊張してきた」

「あと何回あると思ってんだよ。全国まで一気に行くぞ」

そういう貴音も少し緊張しているのか、横顔が強張って見えた。

「集計が終わりました。では発表に移ります」

舞台の上のバトラーがまた観客のほうに向きなおる。その途中、蓮川がじっとこちらを見つめて来る。正々堂々戦ったのだ。春乃ももう視線を逸らすことはなかった。

「まずは赤、花いけボーイズの点数は……32点！」

モニターに点数が表示され拍手が送られる中、貴音がこっそり訊いてきた。

「これ多いの？」

「わかんないけど、お客さん百五十人くらいはいるよね」

残りはざっと120点、審査員の点数もある。恐らく銀鈴花との一騎打ちとなっている。額に両手の拳を当てて祈る。

「続けて発表します。次に白の銀鈴花、52点……青のハルノオト、101点です！」

がばっと顔を上げて貴音と顔を見合わせる。

「やった……」

「よっしゃ」

貴音が遠慮がちに胸の前に差し出した手に、ぱちんとタッチする。もっと大袈裟に喜びそうなものと思ったので少し意外だったが、その訳はすぐにわかった。蓮川ががっくりと肩を落としており、梅田がその背を摩っているのが貴音からはよく見えたのだ。蓮川はそっと梅田の肩に手を置くと、天を見上げるように顔を上げた。その頰に一筋の涙が伝っているのを春乃は見てしまった。

ハルノオトは一回戦、全体一位で駒を進めた。その後、準決勝、ついには決勝まで一気に勝ち抜いた。ここまで勢いよく進めたのは二つ訳がある。

一つは最初でぐっと観客の心を摑めたこと。そのイメージは最後まで続いたようで、一回戦同様、貴音が観客に向けて話しかけると、そのたびにどっと沸き上がった。MCの人に代わって、

——男の人はよく聞いて下さいね。カンパニュラの花言葉は「ごめんなさい」です。奥さん、彼女と喧嘩してしまったら、そっと贈ってみましょう。気付いてくれたらラッキーです。

などと、花の説明を織り交ぜて語り掛ける一幕もあった。

二つ目は銀鈴花よりも素晴らしいパフォーマンスを見せたチームがいなかったこと。最後までトーナメントを勝ち抜いて、改めて素晴らしい作品だったことがわかった。流石、優勝候補筆頭のチームだけはあった。

バトルの回数を重ねるほどに、貴音との息が合っていくのがわかり、花をいけている瞬間は本当に楽しくてしょうがなく、勝ち負けを忘れて没頭したのも功を奏したのかもしれ

ない。こうしてハルノオトは八月に開催される全国高校生花いけバトルへの切符を手に入れたのである。

「大塚さん……だったかしら」

試合後、道具を片付けていると、背後から声が掛かった。蓮川である。その横に梅田の姿もある。

「どうも……」

何と返していいのかわからず、当たり障りのない返事をする。

「よかったわ」

「え」

「あなたたちの作品」

蓮川はにこりともせずそう言った。

「ありがとうございます……」

掌を返したように褒めてくれたものだから、春乃は困惑しながら頭を下げた。

「いい作品はいい。遊びで来ているのかと思ったけど……正直、驚いたもの」

蓮川は貴音のほうに視線をやって続けた。

「作品では私も負けてないつもりだけど……山城君だっけ。パフォーマンスでは圧倒的に負けたわ。何あれ。場慣れしすぎでしょ」

春乃は横から貴音が現役の舞台役者だということを告げると、蓮川はなるほどというように整った眉を開いた。

「さっきはありがとうございました」

今度は梅田が穏やかに言った。貴音が花を譲ったことを指しているとわかった。

「俺は本当に決めてなかったからさ」

貴音は手を目の前で振って軽い調子で応じた。

「ありがとう……おかげで思うような作品が作れたわ」

蓮川は小声で言った。その発言からしても蓮川が花を愛していることがよくわかる。

「いいえ。そりゃよかった」

「私たちの作品……どうだった？」

蓮川はこちらを覗うように尋ねた。

「本当に綺麗(きれい)でした！　いける所作も凄く丁寧で……鋏捌(さば)きとか流石だなって」

「ありがとう」

蓮川はそこで初めて笑った。笑うと女の春乃でもはっとするほど綺麗だった。梅田も微笑みながら頷いている。春乃も嬉(うれ)しくなって口元が緩む。蓮川は何を思ったか、腰から鋏を取り出す。

「あなたの鋏の使いかただけど……葉を落とす時も斜めに……」

蓮川は手の動きを見せて、すぐにでも真似(まね)出来ることを教えてくれた。

「蓮川さん、俺も教えてよ」

貴音も鋏を取り出して、ああでもない、こうでもないと真似して見せる。その姿が可笑しかったのか、女三人同時に噴き出してしまった。

「私たちの分も頑張って来て。やるからには優勝……でしょ？」

蓮川は上目遣いで貴音を見つめる。

「その通り」

貴音は親指を立てて弾けるような笑みを見せた。よく向日葵のような笑顔などと譬えるが、貴音の笑みは、それがぴったりと当て嵌まるほど鮮やかである。

2

七月に入った。全国大会まであと一月というところである。近頃は花いけの練習は出来ていない。別に関東予選で優勝し、気が抜けたという訳ではない。

まず花が無い。貴音が舞台でもらってきた花々も、随分手入れしたものだが、暑さで一週間も持たずに萎れてしまった。あれほどの花を度々集めるのは難しい。恐らく大会本番までもう生花を使っての練習は出来ないだろう。

もう一つ理由がある。期末テストが始まったのである。貴音にとっては留年の掛かった大事な試験である。一週間に二日か三日、春乃は勉強に付き合った。貴音は今まで勉強を真面目にしてこなかっただけで、飲み込みは非常に早い。集中力がずば抜けているのだ。

舞台であれだけの台詞を覚えるのだから、それも納得出来る。

やれるだけのことはやった。テストに出そうなところも全て教えた。それでもテストの途中、難しい問題があると、

――貴音、これ出来るかな……。

と、春乃は自分のことそっちのけで、気が気ではなかった。

全てのテストが終わり、結果はまだわからないが、貴音は、

――かなり出来た。英語なんてもしかしたら100点かもよ。

などと、冗談めかして言っていた。結果は62点。100点には程遠いが赤点は免れた。他の教科も今のところは全て目標を達成している。あとは当初、最も出来なかった数学だけである。

「春乃……いますか？」

昼休みにまた貴音が訪ねて来た。最初は驚いていたクラスの生徒たちも、今ではすっかり慣れている。午前中、貴音のクラスで数学のテスト返しがあった。40点以下だと赤点となる。貴音の表情がいつになく暗く、春乃は恐る恐る訊いた。

「どうだった……？」

近くにいた渚も、結果を察したようで早くも慰めようとした。

「今回、難しかったもん。仕方ないよ。私も42点でぎりぎりだったし」

「ごめん」

貴音は俯いてぽつんと言った。

「大丈夫。まだラストチャンスの追試があるから」

春乃は励ましたが、貴音の肩が小刻みに震えている。春乃が思っている以上にショックを受けているのかもしれない。確かに貴音は、春乃が驚くほど熱心に勉強していた。むしろ花いけで時間を取らなければ、もう少し結果もよかったかもしれないと後悔の念が押し寄せて来た。

「くくく……」

貴音が笑っている。ショックのあまり錯乱したのか。そう思った次の瞬間、貴音はがばっと顔を上げ、にかりと笑った。

「赤点セーフだった！」

「えっ――騙したの⁉　今、ごめんって……」

「渚ちゃん、ごめん。45点！」

「嘘！」

渚は口に手を当てて驚く。

「悪い、悪い。驚かそうと思って」

「馬鹿……」

春乃は呆れて深い溜息をついた。

「でもこれで、何の心配も無くやれる」

「よかった……」

「教えてくれてありがとうな。春乃のおかげで助かった」

渚は貴音に英語の点数を聞き、それも負けたと愕然としている。そんな二人のやり取りを見て、ようやく安堵の気持ちが込み上げて来た。これで後顧の憂いなく全国大会に向かえる。そう思うと羽が生えたように心が軽くなった。あと一か月、夢の舞台に立つ自分、喜ぶ祖母の姿を想像し、二人に見えないように机の下で拳を握った。

だが七月も終わりに近づき、あと数日で夏休みという日に事件は起こった。夏休みまで最後の練習をする約束で、春乃はプレハブで貴音を待っていた。貴音が遅いことを心配し始めた時、長岡先生が血相を変えて入ってきたのである。

話を聞いた時、春乃は目の前が真っ暗になり、思わず手に持っていた花器を落として割ってしまった。

――山城君が校内で喧嘩をした。

と、いうのである。

「先生、貴音はどこに⁉」

「今、職員室で事情を……」

長岡先生が言い終わるより早く、散らばる花器の破片もそのままに、春乃は脇を抜けて駆け出した。一体何があったのか、相手は誰なのか、全くわからない。ただすぐにそばに行かねばならない。そんな使命感にも似た感情に体が突き動かされた。

ノックもせずに職員室の扉を開けると、椅子に座る貴音の後ろ姿が見えた。その向かいに篠田先生が座り、貴音の話を聞いているようであった。

「貴音」

「おう」

椅子を回転させてこちらを向く。保健室ですでに手当を受けたのか、額に大きなガーゼが張ってある。頬も赤く腫れており、喧嘩が口論だけでないことがわかる。

「大塚さん」

「すみません……突然」

篠田先生が神妙な面持ちでこちらに視線を送る。

「今、山城君から事情を訊いているところだよ」

「何があったんですか」

「大塚さんにも答えたくないのかい？」

篠田先生の口振りだと貴音は話すのを渋っているようである。そこに長岡先生も追いついて来た。

「心配すんなって」

貴音は椅子の肘掛を摑みながら言った。両手の甲にも生々しい打ち傷があり、右手などは青く変色しているのが遠目にもわかった。貴音は笑っている。いつもの屈託の無い笑みである。それを見ていると無性に腹が立った。

「心配しない訳ないじゃない！」

「怒るなよ」

　貴音はそう言ったきり黙り込んだ。篠田先生が長岡先生と相談し、今わかっていることだけを話してくれた。今日の放課後のことである。教室の向かいには、理科室や美術室、家庭科室など移動教室に使う部屋ばかりの棟がある。そこの三階の踊り場に男子トイレがある。放課後はほとんど使う人はいない。

　その中で三年生三人と些細なことで喧嘩になった。その声を聞いたのは何とあの一条先輩で、男子トイレでも構わず中に入って止めようとしてくれたらしい。それでも喧嘩は収まらなかったらしく、暫くして忘れ物を取りに来た一年生がトイレに入った瞬間、貴音が思い切り殴っているのを目撃し、急いで職員室に駆け込んで発覚したという。

「何で喧嘩なんてするのよ！」

　そこまで聞いて、春乃は大声を出した。貴音はばつの悪そうな顔になる。

「理由なんて大したことねえよ。俺もむしゃくしゃしてたし」

「あんたが怪我したら……」

　山城座に来るお客さんがどれほど哀しむか。斜向かいの文江お婆ちゃんも山城座の応援に行くのが生き甲斐になっていると目尻に皺を寄せていた。貴音は全てを言い切る前に、遮るように言った。

「大会に出られないってんだろう？」

「そうじゃなくて――」

「停学処分が出ても困るしな」

言われてみればそうである。夏休みに入るが、処分が出れば大会にも参加出来なくなるかもしれない。言われるまで考えもしなかった。だが今はそんなことはどうでもよかった。

「だから、違う！」

怒りが収まらず語調がどんどん強くなる。長岡先生が背中をさすってなだめ、篠田先生は困り顔になっている。

「悪い。多分そうなっちまう」

「山城君、まだ決まった訳じゃない。まずは事情を聞いて、職員会議も……」

篠田先生が間に入るが、貴音は首を横に振った。

「大会近くなって出られませんでした、じゃ困るだろう。今なら事務局に言ってメンバーを差し替えられるかもしれない」

「あんた……何言ってんの。本気で……」

「ああ……本気だよ。ハルノオトは解散だ」

胸を引っ掻き回されたようにざわつき、一気に喉（のど）を通り越して顔が熱くなる。気が付いた時には目から涙が零れ落ちていた。頬を拭（ぬぐ）っても、拭っても涙は止まらない。貴音の顔がさっと暗くなって俯く。

「山城！　お前！」

あの温厚な篠田先生が怒気を発し、貴音の両肩を摑む。貴音は何も答えず項垂れたままである。春乃はゆっくりと背を向けると、ふらりと一歩を踏み出した。

「大塚さん、先生が家まで送るわ」

「いいえ……結構です。すみません」

春乃は職員室を後にした。廊下が歪み、壁が迫ってくるように見えた。見える景色は昨日までの鮮やかな色をしていない。実際には色は変わっていないのだろうが、春乃にはモノクロのように思えた。どうしてこんなことになったのか。貴音への怒り、哀しみが交互に顔を出す。

貴音は前後も考えずに喧嘩をする男だったか。少なくとも春乃の知っている貴音ではない。でも自分が何を知っているというのか。たかだか二か月と少しの付き合いである。自分の知らない部分があったとしても何ら不思議ではない。

ふと振り返ると、長岡先生が心配そうに見送っている。春乃は会釈をして廊下の角を曲がると、その場に屈みこんで顔を押さえた。

翌日も先生たちは手分けをして事情を訊いた。

貴音がトイレに入って来て肩がぶつかり、注意してもぞんざいな態度を取ったから口論に発展した。互いに感情が高ぶって揉み合いになったと、三人の上級生たちは口を揃えて同じことを言っている。貴音の言い分もまた、それと同じだった。

　その日の夕方、緊急の職員会議が開かれた。両者共に反省の弁を述べているが、喧嘩をしたことは事実である。通常ならば停学処分になるところだが、すぐに夏休みということもあり、期間中に登校して補習を受け、反省文をそのたびに書くことになった。

　上級生たちは今年受験である。この程度で済んだのは、もしかしたらそんなことも考慮されたのかもしれない。貴音も同じように登校して補習を受ける。もう一点、貴音が予想した通りの処分が下された。

「山城君の処分は無期限部活動禁止……全国大会に出られるかどうかわからない」

　長岡先生は唇を内に巻き込みながら、途切れ途切れに言った。

「わかりました……申し訳ありませんが辞退しようと思います」

　昨日から考えていたことである。貴音というパートナーを見つけるのにも苦労したのだ。今更探す時間はもう無い。仮に見つかってもそれがルール上許されるかもわからない。

「もう一度、校長先生、他の先生方とも話してみるから諦（あきら）めないで」

　長岡先生はそう言ってくれたが、春乃はもう諦めきっている。たった一人で始めて、ここまで来られたのも奇跡だったのだ。

　その日の夜、春乃はベッドに横になりぼんやりと天井を眺めていた。無気力になっている。思い描いていた夏はもう来ないのだと思うと、何もする気が起こらないでいた。

　スマホが鳴る。アプリの音。春乃は気だるく手を伸ばして取ると、ＳＮＳのアプリを起動した。

——大会は季節の花はもちろん、四国の花が多い傾向がある。頭に入れておくといいかもしれません。

そのような文章から始まる応援のメッセージであった。ふとしたことで涙ぐんでしまう。今回もそうだった。春乃は曇る目を擦り、返信を打った。

翌日は終業式だった。ホームルームが終わるとやることもない。

「春乃、駅まで一緒に行こう」

渚は鞄(かばん)に荷物を詰めながら言った。貴音の一件はすでに学年中に知れ渡っている。気落ちしているのを渚は随分気にかけてくれている。

「ありがとう」

「本当に私が出なくていいの……？」

メンバーの変更が認められるならば、渚は自分が出てもいいと言ってくれている。

「大丈夫。ごめんね。帰ろう」

無理やり笑顔を作り、二人で家路についた。

「大塚さん」

校門から出た時、名を呼ばれてはっと振り返った。

「何でここに……」

そこに立っていたのは蓮川と梅田である。大会の後、打ち解けて連絡先を交換していた。

昨日、大会へのアドバイスを送ってきてくれたのも蓮川だった。

蓮川らも全国を夢見ていたのだ。昨年も出場している分、その想いは自分より強いかもしれない。春乃はこの間起こったこと、辞退しようとしていること、それらを正直に伝えた。既読のマークは付いたが返信が無かったため、てっきり怒っているのだと思っていた。

「私たちは昨日が終業式だから、今日は休みなの」

富咲学園は私立である。公立の学校とは多少ずれていてもおかしくない。だが春乃の訊きたいことはそんなことではなく、何故二人揃ってここにいるのかということだ。

「辞退はまだしていないわよね」

「はい……今日、帰って電話をしようと」

「止めなさい」

蓮川は表情を変えずに言い放つ。

「でも貴音が……」

「メンバーを替えて申請すればいい」

蓮川は大会の規約にも精通しているらしい。やむをえない事情があれば、どのチームもメンバー交代の権利を有している。通常は病気や怪我が理由で、今回はレアケースかもしれないが、実際に貴音が怪我を負っていることもあり構わないだろうという。

「関東大会に出たのは貴音です。全国に出たかっただろう、他のチームの皆に申し訳ないです」

「いいわ。私と萌が許す」

蓮川はまるで自分が、関東大会で敗れた者全ての代表であるかのように話す。梅田もにこりと笑って頷いた。

「でも……」

「でもじゃない。仮に私たちが優勝しても、萌が転んだり、階段から落ちたり、電信柱にぶつかって怪我するかもしれなかった訳でしょ」

「いや……そんなこと……」

「私、本当にどんくさくて一週間に一度はそんなことあるから」

梅田は冗談ではないと付け加えた。そんなことがあるたび、蓮川に呆れられながらも助けられているらしい。

「あのう……」

それまで黙っていた渚がそっと手を挙げて続けた。渚は関東大会を応援しに来てくれていたため、この二人についても知っているのだろう。

「蓮川さんが貴音君の代わりに出てくれるっていうのは駄目ですか？」

蓮川は首を横に振った。

「現状の『高校生花いけバトル』のルールでは、同じ高校に在学している者同士のペアでなくては出られないの」

「それが出来るなら京子ちゃん、私と組んでいないもの」

梅田は蓮川を下の名前で呼んでくすりと笑った。蓮川と梅田は小学校からの幼馴染で、高校も同じという間柄らしい。もし高校を跨いでチームを組めるとすれば、蓮川ほどの腕の持ち主ならば、他校生で組みたがる人は山ほどいると言った。

「あんたくらいが丁度いいの」

蓮川はそう言うが、梅田に対する信頼の色が見えた。蓮川はこちらに向き直って続ける。

「誰か出てくれるあてはある？」

「私が出てもいいって言っているんですけど……」

渚の答えに、蓮川は力強く頷いた。

「よかった。頑張ってね」

「全く花のことは知らなくて。まともにいけたこともないし。私じゃすぐに負けてしまいますよ？」

「いいじゃない。負けても」

勝負に拘っていそうな蓮川に似つかわしくない発言に、春乃は内心首を捻った。蓮川はじっとこちらを見据えて続けた。

「最後の大会だし、私も全国に行きたかったけど……負けて何かすとんと落ちた。花いけバトルのよさってそれだけじゃないと思う」

「打ち合わせも何も出来ていないし、関東代表として恥ずかしい作品を出してしまうかもしれません……」

「それも私と萌が許す。ね？」

「うん」

蓮川は何の権限があって言い切るのか。そう思うと数日ぶりに少し笑ってしまった。

「大塚さん、ハルノオトが勝ったのは、山城君のおかげって思ってない？」

春乃が考えていたことを蓮川はずばりと指摘した。貴音がいなければ、この蓮川梅田の「銀鈴花」にも勝つことは叶わなかったと考えていた。

「はい……」

春乃が答えると、蓮川は小さく溜息をついた。

「確かに山城君のパフォーマンス、語りは図抜けている。それでいて彼は完全なパフォーマンス要員というわけじゃなく、自身も花をいけられる。躍進の一因には違いない」

無言で聞く春乃に、蓮川はさらに言葉を継いだ。

「でも、前にも言ったけど、大塚さんの作品はもっとよかった。パートナーが山城君じゃなくても、私は負けたかもしれない」

「そんな……」

「もちろん、私たちが勝ったかもしれない。でもそれほどよかったってこと。少なくとも花が好きなのは十分伝わって来た」

「ありがとうございます」

蓮川ほどの実力者に褒められるのは正直嬉しかった。

「作品の善し悪しは、結局のところ好みに左右される。自信作が受け入れられないこともあれば、失敗と思ったものが評価を受けることもある。だからあまり深く考えず、自分の信じる最高のものをいけるしかない」

「京子ちゃん、ハルノオトの作品、悔しいけど好きって言ってたもんね」

梅田は微笑んだ。

「まあね……山城君がいなくても、急ごしらえのペアでも、目一杯やるしかないんじゃない。たとえ恥を掻いてもね」

蓮川らも全国大会に出られずに悔しい思いをしているはずである。それなのにこうして梅田を誘って来てくれた。春乃が辞退をしても準優勝のチームが出られるとは限らない。今までにそのような前例は一度も無いのだ。自分たちに勝ったハルノオトに、たとえ不完全な形であっても、全国大会で死力を尽くしてきて欲しい。そんな思いが感じられた。蓮川と話し、自分の心に変化が生まれつつある。

「渚……本当にごめん。力を貸してくれる？」

「私でいいなら。夏休みも暇だし、讃岐うどんも食べてみたいしね」

渚の顔がぱっと明るくなる。蓮川と梅田も顔を見合わせて微笑んでいる。春乃は背筋を伸ばすと、凜と言い切った。

「全国大会に出ます」

「よかった。全く……山城君もこんな時にね」

蓮川は苦笑いを浮かべた。梅田は顎にちょんと指を当てて首を捻る。

「でも……山城君がそんなことするように思わないけどね。すごく優しかったし」

それは春乃も考えたことである。肩がぶつかって諍いになり、揉みあい、殴り合いに発展するなど、普段の貴音からは想像もつかない。でも上級生、貴音、共にそう証言しているのだ。

「蓮川さん、本当にありがとうございます」

春乃は深々と頭を下げた。心に掛かった靄の全てが晴れた訳ではないが、それでも蓮川のおかげで一筋の光が差し込んだように思える。

「負けるなら派手に負けてきなさい」

蓮川は端麗な顔を少し傾けて言った。言葉は強いものだが、その中に対戦した時のような刺は一切感じられない。思い描いた夏はどこかへ行ってしまった。だがまだ何も始まった訳ではない。今やれることを精一杯やろう。脳裏を掠める貴音の姿を打ち消し、春乃は力強く頷いた。

3

大会は八月十八日、十九日と二日間に亘って行われる。一日目は全国大会の初戦、二日目は敗者復活戦と決勝という流れになる。

春乃と渚が香川県高松市に入ったのは大会前日の八月十七日である。この日の夕方、前夜祭と交流会が開かれるからだ。引率は長岡先生一人。同好会の予算などないから自腹を切って付いてきてくれた。

交通費はもちろん、ホテル代も主催者から出るのだが、春乃と渚は大会期間中は祖母の家に泊めて貰うことにした。祖母は長岡先生も誘ったが、流石にそれは申し訳ないと、長岡先生は会場近くのホテルに滞在することになっている。

開会式は栗林公園というところで行われる。紫雲山（しうんざん）の麓（ふもと）に位置し、約四百年の歴史がある大名庭園である。今では全国で当たり前のように使われている「公園」という名は、この栗林公園から広まったという。つまり公園の先駆けという訳である。四季折々の様々な草木があることからも、この地は高校生花いけバトルの開会式に相応（ふさわ）しい場所だろう。

開会宣言、来賓（らいひん）の挨拶、事務局からの説明が行われ、場所を移して交流会となる。そこに集まるのは、全国九ブロックから勝ち上がってきた高校生「バトラー」ばかりである。事務局の人の挨拶などがあり、交流会が始まった。

「私、かなり場違いなんじゃ……」

渚はグラスを片手にキョロキョロ周りを見回した。

「大丈夫。正式に認められたんだから」

事務局への連絡は長岡先生がしてくれることになり、夏休みだが春乃も登校して立ち会った。長岡先生は、貴音が怪我で参加が危ぶまれると話した。本当はもう一つ、学校が参加を認めないという理由もあるが、怪我を負ったのも嘘ではなく、特に右手は骨にこそ異常はなかったものの、かなり酷く腫れ上がっていた。

事務局としてはこのようなケースも想定しており、メンバーの変更は可能らしい。ただし一つだけ条件が付くという。

一度交代してしまえば、元のメンバーに戻すには全国大会に参加している全チームの承認を得る必要があるということである。どこか一チームでも反対すればそのまま参加するしかない。

「大塚さん……」

長岡先生は受話器から耳を離すと、手で蓋をしてそれを伝えた。ここで入れ替えれば、もう戻ることは出来なくなってしまう。

「お願いします」

春乃は一呼吸置いて答えた。応援してくれた家族、香川で楽しみに待つお祖母ちゃん、助けてくれたフラワーレイのご夫婦を始めとする花屋さん、蓮川や梅田のように志半ばで敗退した参加者のために、たとえ勝ちが覚束なくとも全力でぶつかるつもりでいる。そして今、何を考えているのかはわからないが、貴音もまたそれを望んでいることだけはわかった。

貴音のガラケーが壊れ、スマホに替えてからSNSで連絡先を交換したが、事件以降こちらから連絡もしていないし、向こうからも来ていない。最後は貴音から送られて来た

「猫の侍のスタンプ」のまま止まっている。

「ねえ」

肩をとんとんと叩かれて振り返った。ふくよかな体格の女の子である。

「は、はい……」

女の子は笑顔を向けるだけで何も話さない。

「はじめまして。関東代表の大塚春乃です」

間が持たずに挨拶すると、女の子は突然むっとした顔になった。

「はじめまして……か」

「え……どこかでお会いしましたか？」

失礼をしてしまったかと、慌てて取り繕ったがもはや後の祭りだったようだ。女の子はぷいとそっぽを向いてどこかへ行ってしまった。

「知り合いだったの？」

「うーん……言われてみればどこかで会ったような気も……」

「これ見たら？」

交流会に参加している者の名簿が配られている。

「確か東海代表って名札に書いてあった」

高校名、チーム名、名字が書かれた名札が配られており、春乃らも胸に付けている。先ほどの女の子の名をちらっと見ていた。

「猪苗代さん。凄い名字ね」

「そうね」

「どう？　何か思い出した？」

「猪苗代なんて珍しい名字なら、忘れないと思うんだけどなあ……」

そのように二人で話していると、また声が掛かった。

「大塚さん」

微笑みながら近づいてくるのは、あの丸小路秋臣である。開会式でも目が合って、会釈してくれていた。

「丸小路さん、お久しぶりです」

「長ったらしい名字でしょう？　下の名前で呼んで下さい」

「じゃあ……秋臣さん」

「嬉しいな。覚えて下さっていたんだ」

秋臣は名字しか書かれていない名札を摘み、涼やかな目を見開いた。

「だって、秋臣さんを見て、私は参加したいと思ったんですから。忘れませんよ」

「こちらは？」

秋臣は渚に視線をやった。渚はうっとりした顔になっている。晴馬とは随分タイプが違うが、所謂イケメン全般に弱い渚なのだ。

「実は……貴音は怪我で来られなかったんです」

「そんな大怪我を？」

「あの……」

心配する秋臣に申し訳なく、言葉が詰まってしまった。その微妙な間で何か察したらしく、秋臣は真剣な顔になって囁いた。

「何か事情がありそうですね。少し向こうへ行きましょう。えーと……」

「桐野渚です」

「よろしくお願いします」

そのような挨拶を交わしながら、三人で壁際に移動して椅子に座った。いくら親しく接してくれているとはいえ、全てを話すことは出来ない。怪我も嘘ではないが、貴音は諸事情により、一月前に参加出来なくなったことを話した。

「そうですか……それは残念」

秋臣は薄い唇を巻き込むようにした。

「秋臣さん、貴音の花いけ見たことありましたっけ？」

「いいえ。でも面白いことをすると、蓮川さんから聞いていたので」

昨年の大会、準決勝で蓮川に勝った人こそ、この秋臣だという。それが縁で交流があるようで、蓮川が関東予選で敗退したことを報せてきたらしい。

「蓮川さんが負けたと聞いたから、もしかしたらと思ったら、やはり大塚さんだった」

「そんなに買い被らないで下さい」

「何となくそう思ったんです。油断していると足を掬われるよと、蓮川さんに忠告されました」

　蓮川が連絡をした時は、まだ貴音の不参加が決まる前である。だから秋臣は貴音がいないことに驚いたのだろう。

「そうなんですね」

「だから戦いたいと思った。それに……」

「それに？」

「いえ、何でもありません。これは、こちらのことです」

　秋臣のペアの男の子だろう。こちらに向けて手招きしている。

「呼ばれているようです。行きますね。では、明日」

　柔らかな笑みを残し、秋臣は席を立った。

「貴公子って感じね」

　渚は可愛らしく唸った。確かに華道の名家である丸小路家の御曹司である。その清廉な見た目も相まって、貴公子と呼ぶに相応しい。昨年の覇者でありその腕前も折り紙付きである。

　バトルを勝ち進めばいずれ対戦することになる。渚もやる気でいてくれているが、準備不足は否めない。かなり厳しい戦いが予想される。

――やるからには、てっぺんを目指す。

春乃は心の中で誓った。貴音が言いそうなことだ。そう思うと一抹の寂しさを感じ、明日の大会に向け意気揚々としている参加者たちをただ見つめていた。

4

大会は県民ホールで行われ、毎年観客で満員になる。ある高校などは、バスをチャーターして応援団を派遣する力の入れようであると聞いていた。観客の採点が重要である以上、やはり応援してくれる者が多いに越したことはない。春乃らを応援してくれる人といえば、長岡先生の他は、祖母くらいしかいない。

昨夜、祖母の家に泊まり、共に夕食を食べた。交流会で少し食べてきていたが、渚もそんなことは一言も言わずに付き合ってくれた。

「年寄りの料理はお口に合わないかもしれないけど……」

「いいえ、凄く美味しいです！」

渚はご飯をおかわりするくらい、もりもりと食べていた。

「明日は春乃ちゃんの活躍が見られるのが楽しみだわ」

祖母も直前にパートナーが替わったことは知っている。色々と事情があるとしか言っていなかったが、それ以上深く訊いて来ることもなかった。春乃が花をいけているところが見られるだけで幸せといった様子である。ならば猶更、一回でも多く見せてあげたいと思っている。

「何回勝てば優勝？」

大会直前、渚はこっそりと耳打ちした。春乃が急に駆り出したのだから、知らなくても仕方がない。

「最少で四回」

「最少？」

「うん。負ければ敗者復活戦があるから、五回になるかもしれない」

全国から九チームが参加している。それらが三チームずつ三組で対戦し、その中の一位三チームで二回戦を行う。二回戦の上位二チームが決勝トーナメントに出場出来るのだ。

「なるほど……じゃあ敗者復活戦は？」

「えーとね」

春乃はパンフレットを開きながら説明した。

一回戦の二位、三位同士が戦い、それぞれ一チーム残る。そこに二回戦で三位になったチームを加えて争い、その上位二チームがトーナメントに勝ち進むことになる。

「ちょっとややこしいね。まあ、負けなければいいってことね」

「それが難しいんだけどね」

ここに来ているのは地方予選の優勝者ばかり。全員が蓮川、梅田ペア相当の力があると見て間違いない。一回戦のブロック分けは事前に抽選で決められている。春乃らはＣブロックである。

・関東代表　宮戸川高校「ハルノオト」
・九州代表　立花山高校「博多花」
・東海代表　掛布第一高校「Azalea」

この三チームで争うことになっている。渚はパンフレットを指差しながら言った。

「東海代表って、あの女の子のところよね。確か……い、いな……」

「猪苗代さん」

「そうそう。このチーム名何て読むの？」

「アゼリア。躑躅の英語名ね」

「流石、春乃。頭いい」

感心する渚の向こうに、その猪苗代がこちらをじっと見つめているのが見えた。その顔にはやはり怒りが浮かんでいるように見えるが、春乃には思い当たる節はない。それなのに猪苗代に会った時から、どこか懐かしい匂いがしたような自分にも気付いているのだ。

「まずはAブロックから開始致します！」

MCは関東大会と同じ人である。交流会で知ったのだが、この人は事務局のスタッフであり、他の地方大会でも全てMCを務めている。花の素晴らしさを伝えようと、スタッフはボランティア、手弁当で大会を運営しているらしい。

——凄い……。

Aブロックの戦いを見て、春乃は愕然とした。昨年よりも遥かにレベルが上がっている。鋏のほかに鋸、千枚通し、紐などの持ち込みも多い。皆が過去の大会を参考にして、作戦を練ってきているのがわかった。渚は関東大会も見ていたが、参加するとなるとまた違った見え方がするらしく、口を半開きにして茫然とした様子である。

Aブロックは北陸代表が一位になった。流木を金槌で叩き割り、花器の両側に置く。まるで流木が花器を貫通しているように見えるという作品であった。

「次はBブロックです。まずは前回大会の優勝チーム、京都清北高校『華風』の登場です！」

バトルが始まった。他のチームが走って観客席に花を取りに行く中、秋臣は急ぐでもなく春の野路を散歩するようにゆっくりと歩く。花を吟味している時も焦る素振りはない。だが、ステージに戻ると、尋常でない速さで枝を落とし、一切の迷いなくいけていく。すでに頭の中では作品が完成しているのだろう。休みなく手が動き続けている。しかしそれでもその白い肌には汗の珠一つ浮かんでいないことが見て取れた。

「あれ……流木で支えてるの……？」

渚も驚愕している。秋臣がいけた花々は垂直ではなく、向かって左側に流れている。流木を支えに上手く使っているが、それだけではあれほど上手くはゆかない。

「一本一本の花の癖を見て流している……あとはピアノ線」

秋臣は口にピアノ線の束を咥えている。時折、適当な長さを取って切り、草木を束ねていく。花の茎の強弱を考えて、花で花を支えさせているのだ。そして終了の10秒前、最後にちょきんと一枚葉を落として、秋臣は深々と礼をした。観客の中には終了の合図より早く、拍手をし始めている人もいた。秋臣に視線を奪われ続けていた証拠である。

「赤、四国代表の中豊高校『フラワーパラダイス』50点、青、東北代表の戸梅農業『宮城桜』45点、そして……白、近畿代表の京都清北高校『華風』……121点！」

ホール内にどよめきが充満した。全国大会でこれほどの大差がつくこと自体稀である。だがそれほど秋臣らの作品は素晴らしいものであった。一メートルほど花器からはみ出して、浮いていると錯覚してしまう。まるで空中に花の川が出来たように美しいのだ。

「いよいよね」

興奮冷めやらぬ会場の中、春乃は唾を呑み込んだ。

「う、うん……しっかり渡すね。まずどれを取りにいったらいい？」

「ブルースターとホワイトスターでいく」

「えーと……」

自分も緊張しているのだろう。花の名を言ったところで渚にはわからないことを忘れていた。

「ごめん。あの青い花と、あの……」

「それでは予選最終組です！」

ＭＣのコールが入り、最後まで説明出来ないまま舞台へと上がった。渚は顔面を蒼白にしている。チームの紹介の間、小声で落ち着いてと声を掛けたが、こくこくと虚ろな目で頷くのみだった。

「スタート！」

開始の合図と同時に各チーム一斉に動き出す。渚は慌てるあまり足がもつれてふらついている。

「渚、あそこの青い花！」

春乃は先ほどの指示の続きをし、自身も会場へ降りた。自分が取ろうとしているのは満天星。関東予選で取ることができなかったあの木である。

満天星は緑鮮やかな赤ちゃんの掌ほどの葉が重なり、アクセントとして使い易い。そう考えたのは東海代表の「Azalea」も同じようで、猪苗代と鉢合わせた。お互いに一本ずつ満天星を取り、次の花材に向かおうとした時、猪苗代がぼそりと言った。

「春乃には絶対負けないから」

「え……」

思わず振り返ってしまった。交流会で付けていた名札には名字しか書いていなかった。何故下の名を知っているのか。パンフレットには下の名が載っているし、事前に各地方予選の突破者を調べたのかもしれない。それでも初対面に近い間柄で、下の名で呼ぶのには違和感を覚えた。

「春乃！」

渚がブルースターとホワイトスターの束を持ってステージに戻っている。でも肝心の本数が足りない。

「少し足りない！　あと、ゴットセフィアナ……あれも持ってきて！」

「あの黄色いの？」

渚にわかるように指差すが、花は幾つも並んでおり、渚はどれかわからないようである。

「私が取る。ブルースターとホワイトスターをお願い！」

指示が通らないと見て、春乃はゴットセフィアナに向かったが、偶然か作戦が筒抜けだから妨害を狙ったのか、九州代表「博多花」の男子がゴットセフィアナを根こそぎ取った。

――まずい……。

どんどん頭に描いた作品から遠のいていく。色花を前後から緑で挟むつもりだった。緑の葉に白い斑点のゴットセフィアナを前に配して淡く、奥に満天星を配置することで鮮やかに、奥行きを表現するつもりだった。

「ドラセナ」

春乃は独り言ちてドラセナを取った。ドラセナにも白い縞がある。ゴットセフィアナの代用に使うつもりである。春乃がステージに戻った時、すでに他の二チームは作業を開始している。「博多花」は二人掛かりで餅つきを思わせる軽快なリズムで交互にいけている。

一方の「Azalea」はあの猪苗代が女だてらに鋸でもって、流木を切るというパフォーマンスで会場を沸かせていた。

「2分経過――」

MCの声が遠く聞こえた。関東大会ではなかったことである。

「春乃……」

追加の花を持って来た渚に声を掛けられてはっとする。どうやら茫然としていたらしい。

「頂戴！　渚、あの白のスターチスも……あの黄色と赤の間の花！」

「わかった！」

渚は手渡してまた走り出す。春乃は花器の後ろに回っていけ始めた。花越しに観客席に座る祖母が見えた。照明を受け逆光であるため、はっきりとはわからないが、心配そうな表情をしているようである。

――こんなところで諦める訳にはいかない。

春乃は懸命にいけ、渚への指示で声を張り続けた。あまりに急いでいけたため、花弁が散ってしまう。中には花首が折れてしまったものもあった。それでもとにかく花器を花で満たさなくてはならない。

「終了――！」

MCの声にはっとして手を止める。思い描いていたものの半分も出来ていない。隣を見ると両チームの作品ともに、かなりの秀作のように思える。促されて観客席に背を向け審査タイムに入る。厳しい戦いになるとは事前にわかっていたはず。それでも一縷の望みを捨てきれないで手を組んで祈った。発表に入る。

「まずは赤、関東代表、宮戸川高校『ハルノオト』は34点――」

そこまで耳に入って来たが、それより後は音がぼやけてよく聞こえなかった。夏が終わる。夢にまでみた夏が。そのことだけが、ぐるぐると頭の中を巡っている。

5

貴音はベッドに横になりスマホをいじっていた。ガラケーから替えてそれほど経っておらず、まだどこか自分でもぎこちないと思う。

――どうやったらわかんだよ。

全国高校生花いけバトルの速報である。ホームページには情報は出ていなかった。電話して訊くべきかと考えていた時、部屋のドアがノックされて木津の声が聞こえた。

「貴音、入っていい？」

「うん。どうした？」

「カッターナイフ貸してくれない？　晴馬がどっか持っていって失くしたみたいで無いの」

木津は部屋に入って来てそう言った。

「ああ、ちょっと待って」

起き上がって机の引き出しを開けたところで、ここには無いことに気が付く。花いけで使う小物一式、専用の鞄に入れてそのままだった。机の横に置いた鞄の中からカッターナイフを取り出し、木津に手渡した。

「ありがとう。あっ……またご飯前にコーラなんか飲んで」

「ごめん」

「お腹一杯になっちゃうじゃない」

最近、木津は百合姉に似て口うるさくなってきた。貴音は苦笑しつつ訊いた。

「なあ、コーラを初めて飲んだ人って、何味って思ったのかな？」

「何それ。コーラ味じゃないの」

言い残して部屋から出て行こうとする木津を呼び止めた。

「ちょっと訊きたいことあるんだけど……」

どうにか花いけバトルの結果を知る方法がないか、スマホにも詳しい木津ならばわかるかもしれないと思ったのだ。

「ＳＮＳで検索してみたら？」

「どうやんの？」

「知らないなんて、近頃の高校生で珍しいよ。ちょっと貸してくれる？」

木津はスマホを取って画面に指を走らせる。

「検索結果がこれ。春乃ちゃんの結果が知りたいんでしょ？」

ここで強がっても仕方ないと貴音は頷いた。

「えーと、宮戸川高校『ハルノオト』は……あっ」

「どう？」

「一回戦負けね……」

木津は残念そうな顔になってスマホを返そうとした。

「敗者復活はどう？」

「敗者復活なんてあるんだ……うーん、それは明日みたいね」

「え……去年まで一日目に敗者復活までやってたはずだけど」

「今年から変わったって書いてあるよ」

「そっか……」

貴音はスマホを受け取って画面を見た。一回戦の点数まで誰かが呟いている。九州代表が83点、東海代表が99点、そしてハルノオトが34点。惨敗という結果に終わっている。いくら渚が経験不足とはいえ、春乃の実力ならばここまで大差がつくとは思えない。

「あっ……」

そこに、完成した各チームの花の写真も載っていた。

「これは……」

机の上に花弁が散乱している。中には首が折れた花まである。花を大切にする春乃からは想像も出来ない。よほど動揺して自分を見失ったに違いない。あがり症の春乃ならばあり得る。

そしてそこまで追い込んだのは自分なのだ。貴音は血が滲(にじ)みそうなほど、強く唇を嚙みしめた。

「貴音、もうすぐ皆帰って来るみたい。そしたらご飯だから」

木津はそう言い残して降りていった。今日は土曜日、夜の公演がある。だが自分は参加していない。まず学校で謹慎しているのに舞台に立つ訳にはいかない。どちらにせよ顔の傷もまだ完治しておらず、そんな姿で客前に出る訳にはいかなかった。

15分ほどして下から呼ばれ、皆で食卓を囲んだ。今日は何か違う。最近、これに似た雰囲気を感じたことがあった。

謹慎になったと聞いた時、義一は学校に飛んで来てくれて、先生に深く頭を下げて何度も詫(わ)びていた。その姿を見て貴音は胸が痛くなった。だからこそ貴音は帰りの車の中で、義一にだけは本当のことを話そうとした。

「座長……」

初めは皆の前でだけ座長と呼んでいたが、いつしか区別がなくなり、二人きりの時もそう呼ぶようになってしまっている。貴音は対向車のヘッドライトに照らされた、義一の横顔をじっと見つめた。

「おう」

ハンドルを握る義一は、前を見据えたまま短く返す。

「今回のこと、実は……」

「言わなくていい。わかってる」

「何を？」

「どうしてもやらなくちゃならねえ訳があったんだろう」

　貴音は視線を逸らして俯いた。義一は全てを見抜いている。久しぶりに父を感じて、ぐっと胸に迫るものがあった。それをごまかすかのように、貴音は汚れたフットマットを足でいじっていた。

　食事は進む。いつもならば喧しいほどなのに、今日は皆口数が少ない。

「醤油取ってくれる？」

「はい」

　百合姉が手を伸ばし、晴馬が渡そうとする。このような会話がたまにあるだけである。ただこの時は他よりも少し長かった。

「それソース。いい加減覚えなよ。赤が醤油、緑がソース」

「俺は馬鹿なんだって。高校も行ってねえし……」

　晴馬が赤い蓋の醤油差しを百合姉に渡した時、それまで黙っていた義一がグラスを置いて唐突に口を開いた。

「なあ、貴音」

「今日……春乃ちゃん負けたんだってな」

「ん？」

「木津に聞いた？」

「いや、恵本が調べてくれた」

エモちゃんは山城座の男の中で唯一、デジタル機器に詳しい。そのエモちゃんも今日は一緒に食卓を囲んでおり、一番向こうで反応せずに白飯を頬張っている。

「百合、ビール、もう一本くれ」

普段なら飲み過ぎたら駄目と止める百合姉も、今日は何にも言わずに台所へ立ってビールを取って来た。義一はそれをグラスに注ぎながら言った。

「どうするんだ」

「え……どうするって」

「敗者復活戦。あるんだろう」

義一は何を言い出しているのか。貴音には話が読めなかった。ただ一座の皆に驚く様子はない。

「ああ。勝つといいな」

「他人事か」

「だって俺はもうメンバーじゃねえし」

貴音の代わりに渚が出場すること。またメンバーを貴音に戻そうとすれば、参加校全ての承認が必要なこと。だから春乃はぎりぎりまでメンバー変更をしなかったこと。それらは篠田先生が義一に話していた。

「貴音、何で喧嘩した」

「訊かねえんじゃなかったのかよ」

「いいから聞かせろ」

いつもと異なり義一の声に威厳が籠っており、貴音はぽつぽつとあの日あったことを話し始めた。

話は華道同好会のプレハブを何者かが荒らした日に遡る。あの日、貴音はあることで犯人の目星が付いた。匂いである。様々な花が踏みにじられて水と混じり、暑さによって異臭が発せられていた中に、薔薇の匂いがかなり強く香った。花の中に薔薇は一本たりともない。その時にぴんと閃くことがあったのだ。

——香水か……。

同じ匂いを最近嗅いだのを覚えていた。生きた花の匂いはあれほど好きなのに、香水となると貴音は苦手と感じたからよく覚えていた。そしてその香水を誰が付けていたのかも、まざまざと思い出した。

練習の無い日、貴音は一学年上の一条を呼び出した。一度告白されて断っている。自分が考えを変えたと思ったのか、一条は浮かれた顔で現れた。

「先輩、昨日の放課後、プレハブ入りました？」

貴音が単刀直入に訊くと、一条の表情は一瞬にしてきっときついものに変わった。

「いえ。すぐに帰ったわ」

「そうなんですね。わかりました」

「何でそう思ったの？」

「違うならいいんです……ただもし知り合いだったとかわかったら、伝えて貰えますか？」

「なんて……？」

一条の喉が動く。唾を呑み込んでいる。

「今回は見逃しますけど、次は容赦しない……と。じゃあ」

ぎゅっと握った拳が震えている一条を一瞥すると、貴音は身を翻してその場を去った。

一条が犯人だと確信している。他の誰か、恐らく男を誘ってプレハブを荒らした。棚の上に置いてあったバケツは、一条の身長では届かない。それもご丁寧にぶちまけられていた。

釘を刺すだけで終わりにするつもりだった。犯人を見つけても春乃は喜ばない。ずっと華道同好会をマイナーと馬鹿にされ、それでも絶対花いけバトルに出ると、懸命に仲間を誘い、自身も花の勉強をしてきた春乃なのだ。これ以上、哀しい思いをさせたくはない。

それよりも少しでも早く笑わせてやりたい。その一心である。

そして貴音は義一に事情を話し、急遽『花纏』の演目でお客さんから頂いた花を渡すことにしたのである。春乃はそれで元気を取り戻し、貴音も安堵したものである。

事件の日、放課後はプレハブで練習する予定だった。プレハブに向かおうと鞄に荷物を入れている時、ペンケースが無いことに気が付いた。五、六時間目が体育だったため、放課後まで気が付かなかったのだ。どうやら四時間目にいた理科準備室に忘れたらしい。ペンケースの中に紐を切るためのカッターナイフが入っている。貴音は練習の前に取りに行こうと、別棟の理科準備室に向かった。

三階に上がったところで、踊り場にあるトイレから声が聞こえてきた。かなり高い声で、女のように思える。

この棟は二階が女子、三階が男子のトイレとなっている。ここは男子トイレのはず。耳を澄ましながら近づくと、複数の男の話し声が聞こえて来て、気のせいだったかと先を急ごうとした。その時、貴音の耳が確かにある言葉を捉えた。今度は聞き間違いではない。

次の瞬間、貴音は戻ってトイレの扉を勢いよく開けた。

「……ここは男子トイレですけど」

貴音は低く言った。驚きの顔で立ち尽くす一条。そして三人の男もギョッとした顔になっており、その内一人はさっとポケットに手を入れた。見えたのは一瞬だったが煙草（たばこ）の箱だとわかった。

「煙草……ですか」

「誰だ、お前」

煙草を隠した男が凄んだ。

「誰でもいいでしょ。てか……誰か今ここで『春乃』って言いましたよね」

「はあ？　言ってねえし。耳悪いんじゃねえの」

別の痩せた男がいやらしい猫撫で声で言う。

「はっきり聞こえたんですけどね……花で凝りねえなら、今度は道具を全部壊してやるか。春乃って女、次は立ち直れねえだろうって」

こちらは長年台詞を覚えてきた。きちんと聞けさえすれば、これくらいの長さ、一言一句違わず言える自信がある。

「てめえ……」

「どうなんですか。一条先輩」

貴音は男を無視して一条に振った。

「あんたこそ……運動神経もよくて、他の部からも勧誘が来ていたんでしょう。何で地味な花なのよ」

意外な言葉が返って来た。貴音は考えるまでもなく答えた。

「あいつはそうやって馬鹿にされても……たった一人でも諦めないから」

「熱くなって、馬鹿じゃねえの」

最初の二人とは違う背の高い男が吐き捨てるように言った。

「で、言いましたよね。次は容赦しないって」

「別に何もするつもりないわよ」

あと何日かと緊張の吐息を漏らす春乃、道具をきちんと手入れする真剣な面持ちの春乃、そして花をいけている時の輝いた目の春乃。様々な姿が貴音の脳裏に浮かんだ。

「約束して下さい。もう二度と手出ししないと。ムカついてるなら俺に当たって下さい」

「どうすりゃいいんだよ。殴っていいってか？」

初めのポケットに手を入れた男が一歩前に出る。

「お好きにどうぞ。その代わり約束して下さいよ」

「殴ってチクるってことは……」

「ねえよ。あんたらと違って俺は約束を守る」

その一言が相手の感情を逆なでしたか、男が腕を振りかぶって思い切り頬を殴ってきた。

貴音は手の甲で頬をさっとなぞって睨みつける。

「満足ですか」

「いいや。まだ足りねえ」

「こちとら満足させるのが商売なんだ。満足するまでやりゃあいい」

幼い頃はずっと義一の話し振りを真似ていた。小学校に入って、同級生に話し方が変と言われ、いつの間にか変えたのである。だが感情が昂ると昔の癖が出てしまう。それがまた苛立ちを誘ったのか、二発目はまた顔に、三発目は腹を蹴り飛ばされた。

「そっちのお二人も約束して貰えますか？」

「やっていいってよ」

代わる代わる拳が飛んで来る。何発受けただろう。十発は超えたに違いない。口の中が切れて血が溢れた。

「ここまでするか？　あの地味な女に惚れてんじゃねえの？」

一人がせせら笑い、残り二人もげらげらと笑う。一条はというと、このようなことになるとは思っていなかったか、顔を真っ青にして肩を震わせている。

「ああ、惚れてんのよ」

これも義一が言いそうな台詞である。そう思った時、頬を再び殴られてよろけた。

「もう止めよ……わかったから」

一条が間に入って止めた。顔色は青を通り越して白くなっている。

「ありがとうございます」

「何であんたがお礼を言うのよ……」

一条の目尻に涙が浮かんでいた。

「じゃあ、これで手打ちってことで」

「時代劇みたいな話し方」

「それがうちの家業なんです。今度、よかったら舞台観に来てください」

貴音は笑みを作ったが、唇や頬が痛みで引き攣った。

「保健室に……」

「一条、待てよ。お前が俺らに持ち掛けたんだろうが」

ポケットの男が一条の髪を掴むと、思い切り引っ張った。一条は仰け反るように大きくよろめいた。貴音は咄嗟に左手で、男の手を鷲掴みにした。

「放せ」

「止めてよ！」

「うるせえ！　お前が頼んだから――」

男が激昂して一条に手を上げたようとした瞬間、貴音は男を殴り飛ばした。男の手も一条の髪から離れ、そのまま大きくふっ飛んで尻もちをつく。その時、ドアが半ばまで開き、誰かがあっと小さく声を上げて走っていくのがわかった。どこからかわからないが、誰かに見られたのである。

「見られた！」

残りの二人の男が慌てる中、貴音は小さく溜息をついた。

「俺たちが揉めたことにしよう。春乃も華道同好会も、一条先輩も関係ない。煙草のことは話さねえ。それでいいだろう」

「私も――」

一条が言おうとするのを、手を上げて制する。拳に力が入り過ぎたか、指が重く半ばまでしか開かない。

「先輩、夏休みに赤川大学のＡＯ入試あるんでしょう？」

　この前、私は卒業したら有名な芸術学部のある大学で演劇部に入るつもりと一条が話していた。

「あんたらも男ならそれくらい被れるよな」

　貴音が低く言うと、慌てていた二人はこくりと頷き、尻もちを突いた男も大きな舌打ちをしたものの反論しなかった。

「今の時代に男とか女とか関係ないじゃない……」

　一条は俯いている。前髪の隙間から長い睫毛が小刻みに動いているのが見えた。

「すみません。時代錯誤な親父の教えなんで」

　貴音は体中の痛みに耐えながら、無理やり笑ってみせた。


　こうして謹慎処分が決定された。華道同好会とは一切関係ない。自分はそもそも助っ人だし、大会にも出ないことを春乃に告げるつもりだった。そう貴音は言い張った。

　男の先輩たちも流石にプライドがあるのか、口裏を合わせた通りに言っているらしい。

　一条は喧嘩を止めに入っただけということになっている。それらのことを途切れ途切れに皆に説明した。

　箸を置いて肴にも手を付けず、ちびちびとビールをやりながら聞いていた義一が口を開いた。

「なるほどな」

「義一にそっくりだな」

　それまで一切話さずに、黙々と箸を動かしていた順爺がぼそりと言った。義一は苦笑を浮かべると、こちらに向き直り、静かに話す。

「貴音……俺は父親失格だ。転校ばっかりで友達もろくに出来なかっただろう」

「山城座をやりたいって俺が望んだことだよ」

「母さんが喜んでくれたからか？」

　貴音は黙り込んだ。幼い頃に亡くなった母の記憶は朧気である。でも二つだけ鮮明に覚えていることがある。

　一つは貴音が初舞台を踏んだ時「義一さんを超える役者になる」と満面の笑みで褒めてくれたこと。舞台の上に立てば、薄暗い客席のどこかに喜んでくれている母がいるような気がした。春乃がお祖母ちゃんに見せたいと言った時、そのことを思い出して、協力してやりたいと強く思ったのだ。

　もう一つ、母の覚えている姿は、小さな和室で花に向き合う穏やかな横顔である。一本一本の花と語り合うように、ゆっくりと愛でながらいけていた。初めて春乃が花をいけているのを見た時、母の姿と重なって見えた。

　皆にしんみりとした雰囲気が流れる。それぞれ貴音よりも母と過ごした時間が長いのだ。陽介も思い出して感極まったか、鼻先を指でちょっと摘んで席を立った。

「貴音、今更偉そうなことは言えねえ。好きにしていいぞ」

「でも俺、謹慎中だぜ。下手すりゃ退学になっちまう」

「だから何度でも言ってるだろう。父親失格だって。それも含めてだ」

「あんだけ高校だけは卒業しろって、言ってたのにかよ」

貴音は山城座の後を継ぐ気でいる。中学校の時、進学せずにもう修業に専念しようと思うと相談したことがあった。義一はそれだけは絶対に認めない、高校を出なければ山城座に置いておけないと断固として反対していたのだ。今、その前言を覆そうとしている。

「俺は高校も出ねえで、家業一筋だったからな。お前には普通の子と同じようにさせてやりたいって思った。誰か大切な仲間に出逢えればってな……」

義一は少し遠い目になって続けた。

「俺は運よく母さんに出逢って変われた。今ではあの時が転機だったってわかるが、あの時の俺はわからなかった。今のお前みてえなもんさ……」

「そっか」

貴音はそっと目を瞑った。想いを馳せる時、母はいつも瞼の裏にいる。

「コーラってことね」

貴音は目を開くと苦笑した。ずっと抱いていた感情の正体がようやくわかった気がする。

「何だそりゃ」

顔を顰める義一に、春乃と話していたコーラの件を話した。

「なるほど。そりゃコーラだ」

義一はがはっと豪快に笑って続けた。

「学校には俺が話をする。もちろん、お前が守ったことは口が裂けても言わねえ。ただ平謝りするさ。だが、お前の言う通り退学になるかもしれねえ。何より行っても出られねえ可能性もある……どうする？」

義一はぐっと顎を引いてこちらを凝視（ぎょうし）していた。

「あいつが待っている気がする」

「よし」

義一は口を真一文字に結んで力強く頷いた。

「でも、もう飛行機も……」

「車で送ってやる。香川なら朝までに何とか間に合う」

義一は勢いよく立ち上がり、貴音もそれに続いた。

「あの、親子で盛り上がってるとこ悪いんだけど」

百合姉は大きな溜息を零しながら立ち上がり、義一の胸元を指差した。

「座長、飲酒運転」

「だーーー！　しまった！」

義一は頭を抱えて地団駄を踏んだ。

「馬鹿！　恰好つけといて何で呑むんだよ！」

「うるせえ！　酒呑みながら語った方が親父っぽいだろうが！」

親子で言い合っていると、襖が勢いよく開く。そこには頬を緩めた陽介が立っており、指で車のキーをくるくると回していた。

「予想通りの展開」

「流石、陽介」

百合姉が笑って陽介の肩を小突く。

「いいのかよ……明日も公演あるだろ」

今の山城座は陽介と自分の二枚看板である。自分が出られない間、陽介は出ずっぱりで頑張ってくれている。

「晴馬、JKに会いに行くぞ。すぐに帰るけど」

「春乃ちゃんに頑張れって言ってやりたいしな」

晴馬もにかっと笑って立ち上がる。

「交代で運転な。俺、海老名まで。そっから晴馬な」

「ほとんど俺じゃん！」

「流石の晴馬も知ってたか」

陽介と晴馬は軽口を叩き合っている。

「陽介、晴馬、頼めるか……？」

義一は泣きそうな顔になりながら訊いた。

「座長はどんと構えといてくれよ。貴音、行くぞ」

「うん」

「貴音、待て！」

それまで渋く笑みを浮かべていただけの順爺が呼び止めた。

「ん？」

「初めてコーラを飲んだ時、松脂の味じゃと思った」

皆で顔を見合わせて一斉に噴き出す。順爺は顔を少し赤らめてそっぽを向く。貴音は目尻に浮かぶ涙を拭いながら笑った。

母はいなかった。寂しいこともあった。それでも父と山城座が家族で本当によかったと今日ほど思ったことはない。貴音は一様に笑みを浮かべる皆を見回しながら凛然と言った。

「ありがとう……行ってきます」

6

花いけバトル二日目、春乃は集合時間の1時間前に会場に着いた。まだスタッフの人が準備をしていたが、快く入れてくれた。集合場所であるエントランスの椅子に座って時を過ごす。

こんなに早く着いたのには訳がある。昨日は一回戦で敗退した後、祖母の家に戻った。春乃は相当落ち込んでいた。負けたことではなく、実力の半分も出せなかったことが悔しかった。

「春乃ちゃん、頑張っていたよ。お祖母ちゃん、感動したもの」

祖母はそう慰めてくれた。必死に暗くならないように努めていたが、それでも感じるものがあったからこそ、そう言ってくれたのだろう。渚の落ち込みようはもっと酷い。

「春乃、ごめんね……」

と、何度も繰り返し謝られた。謝る必要などない。全て自分が巻き込んだことなのだ。春乃も謝られるたびにそう言ったが、渚の表情はずっと冴えなかった。祖母にも気を遣わせてしまって悪いと、少しでも早く家を出た結果、早く着き過ぎる結果になった。

30分ほど経つと他の参加者もばらばらと集まって来た。中には秋臣の姿もあった。秋臣はこちらに気付くと近づいて来た。

「おはようございます」

「おはようございます」

「早いですね。緊張していますか?」

「はい……次負ければ、本当に終わっちゃうし」

「蓮川さんから戴いて地方予選のあなたの花を見ました。本当に花を大切にする方でないと、あれはいけられない」

俯く春乃に、秋臣は真剣な面持ちで続けた。

「大塚さん、今僕が言えるのは、あなたはあなたらしく、いつも通りやればいいということです。今は……難しいかもしれませんが」

「ありがとうございます」

「お互い頑張りましょう」

秋臣は微笑みながら頷きチームメイトのところへ戻っていった。エントランスは全面ガラス張りになっている。まだ朝とはいえ、夏の陽射し(ひざ)は燦々(さんさん)と降り注いでいる。ホールの前はすぐに道路である。その街路樹に止まって鳴いているのだろうか、ガラスに遮られてくぐもった蟬(せみ)の声が聞こえる。東京も暑いのだろうか。春乃はそんなことをぼんやりと考えていた。

「すみません」

そう言いながらホールに入って来たのは長岡先生だった。楽屋がそれほど大きくないため、先生も一般の観客の開場時間に入ることになっている。長岡先生は深刻な顔で手招きした。また何かトラブルでも起きたのだろうかと、春乃は唾を飲み込んだ。

「さっき篠田先生から連絡があったの……」

何故、貴音が喧嘩をしたかということがわかったのである。語ったのは貴音ではない。昨日、一条先輩が担任を通じて真相を語ったというのだ。

偶然にも今日の朝一番に貴音の父、義一からも篠田先生に電話で時間を取って欲しいという申し入れがあり、今日学校で話のすり合わせ、今後の処分などが検討されるらしい。

「少しでも気が楽になればと思って伝えたかったの」

春乃は涙が溢れそうになるのを懸命に耐えていた。まずは安堵である。それと同時に自分は何故貴音を信じてやらなかったんだろうという後悔の念が押し寄せて来た。それでも聞けて本当に良かったと思う。最も大きな気掛かりの種が消えたのだから。

「ありがとうございます……頑張ります」

春乃は震える声で言い、長岡先生はぎゅっと手を握り、ホールを後にした。

集合時間となった。昨年までは敗者復活戦は一日目に行われていたが、今年からは日程が変わって二日目に変更になったのだ。

一回戦三ブロックの一位はすでに二回戦に駒を進めている。二回戦は三チーム中、上位二チームが決勝トーナメントに進出出来る。

敗者復活戦はというと、各ブロックの二位同士、三位同士が戦い、その中で一チームが勝ちあがる。そして二回戦で三位に甘んじたチームの三チームで対戦し、こちらも上位二チームがトーナメントに復活するという仕組みであった。春乃たちは一回戦三位。ここからは一度たりとも負けられない。

——ここまでかな……。

昨夜からずっと同じことが頭に浮かんでいた。どんなことが起きても前向きなのが信条であったが、今回ばかりは諦めかけている。三位同士とはいえ、どのチームも地方予選を突破してきた猛者(もさ)には違いない。ましてやBブロックは事実上の決勝戦といってもいいほど、ハイレベルな戦いだった。秋臣の京都清北高校「華風」が圧倒的過ぎたのだ。三位の東北代表の戸梅農業「宮城桜」も、他のブロックなら一位であってもおかしくないほどの作品を作っていた。

「それではバックヤードに移動を……」

大会スタッフがそう言いかけた時、車のブレーキ音がした。ガラスに遮られてなお聞こえるのだから、余程急停止したに違いない。皆が一斉に振り返る。どこにでもあるような一台の白いバンが、ホールの前に停まっている。事故でなかったと安堵して皆は前を向く。ただ春乃だけはそのバンから目を離せないでいた。

バンの助手席に座っている男性が、陽介に似ていたからである。似ているのではない。降りて来たのは確かに陽介であった。張り裂けそうなほど胸が鼓動している。

後部座席のドアがスライドした。鞄を担いだ背の高い男が一人降りると、真っすぐこちらに向かって走って来る。そしてガラスの大きなドアを押して中に入ってきた。初めて教室に来た時もこうだった。参加者が一斉にざわついた。

「貴音……」

貴音は茫然とする春乃をちらりと見ると、そのまま素通りしてスタッフの元へと近づいていった。貴音が視線を送ると、渚は力強く頷く。

「すみません。宮戸川高校『ハルノオト』の山城貴音です。怪我が治りました。交代を申請します」

陽介も遅れて入って来る。

「陽介さん、何で……学校は……」

「座長が話しに行ってくれている」

陽介は見届けに来ただけなのだろう。貴音の背をじっと見守っている。

「えーっと……話はわかりました。ただし大会規約により、参加全校の許可が必要なのは知っていますか？」

「はい。もし皆さんがよろしければ、今からでも参加させて下さい」

「ハルノオトのお二人、どちらと交代ですか？」

「はい！　私です！」

渚が勢いよく手を挙げる。

「渚……」

「何気にしてんの。私にハルノオトを見せて」

渚は片目を瞑って小声で言った。

「丁度、全校揃っています。この場で訊いてもよろしいですか？」

「お願いします」

貴音はスタッフに一礼すると、参加者全員に深々と頭を下げた。

「チーム毎で少し相談時間を取りましょうか」

チームは二人なのだ。意見が食い違うこともあるだろうというスタッフの配慮である。

皆が囁きながら相談する。中には事前に貴音のことを調べてきているチームもあるのか、否定的な意見が聞こえて来る。そうでなくとも正メンバーのほうが通常は強く、自チームに不利に働くのは目に見えている。

その時である。秋臣がチームメイトと頷き合い、すっと手を挙げた。

「京都清北高校は交代して頂いて結構です」

先ほど以上に参加者一同がどよめいた。秋臣は皆を見回しながら続けた。

「僕がハルノオトと同じ立場であってもお願いしたでしょう。それは皆さんも同じはず。それに……リザーバーだったから負けたなんて言い訳聞きたくないでしょう？」

温厚そうな秋臣にしては挑発的な物言いである。それに発奮したのかまた一人が手を挙げた。

「戸梅農業も構いません」

この後すぐに敗者復活で戦う高校である。ここが手を挙げたならば、もう仕方ないといったように次々と手が挙がる。そして全八チームの承認を得ることが叶った。

「ありがとうございます……」

貴音は先ほどよりもさらに深く頭を垂れた。

「皆さん、ありがとうございます！」

はっとして春乃も勢いよく頭を下げる。

「山城君、もし戦えることがあったら……その時は正々堂々と戦いましょう。もしあればの話ですが」

秋臣は少し顎を引いて微笑んだ。

「もしあれば……ね」

貴音も不敵に笑った。そろそろ時間が迫ってきており、スタッフの人が移動を促す。皆が荷物を持ってバックヤードに向かおうとする中、陽介が声を掛けてきた。

「じゃあ、春乃ちゃん。夕方から公演だから帰るね」

陽介は満足げな顔で手を挙げた。

「陽介さん……ありがとうございます」

「あっちにも言ってやって。あそこ駐車禁止だから離れられねぇの」

陽介はガラス扉を開け放った。バンの運転席で晴馬が大きく手を振っている。

「春乃ちゃーん！　頑張れよ！　JK魂見せてやれ！」

春乃も入口まで小走りで行き、外に向けて大声で返した。

「晴馬さん！　ありがとう！　でもここにいる女の子は皆JK！」

晴馬はあっと気づいた顔になり、からりと笑った。

「じゃあ貴音、行くわ。山城座が舞台で負けんなよ」

「ああ、任せとけ」

貴音はそう言って片笑む。陽介は振り返ることなく手を振りながらホールから出て行った。乗り込むとバンはすぐに走り去った。東京にとんぼ返りするのだ。

「貴音……ごめん……」

春乃は消えそうな声で言うと唇をきゅっと結んだ。

「作品の写真見たぞ」

「うん……」

「らしくないことさせちまったのは俺のせいだ。追いつめて……ごめんな」

「二人とも、もう皆行っちゃったよ」

渚は腰に手を当てて呆れたように言った。渚もメンバーとしてバックヤードに行っていいと言われている。

「うん！」

「よっしゃ」

貴音は一足早く歩き出すと右の拳を横に突き出した。春乃もすぐに追いついて並ぶと左の拳をこんと当てた。

第五章　ハルノオト

1

1時間半後、敗者復活戦三位グループが始まった。すでに観客席も満員である。MCが大会規定に則って宮戸川高校「ハルノオト」にメンバーチェンジがあったことを説明する。

春乃は横に立つ貴音を見た。堂々と前を見据えながら貴音は言った。

「てっぺんまで一気にいくぞ」

「うん」

今朝までの不安は嘘のように霧散している。

「もう後は無い敗者復活戦！　三位グループ。スタート！」

MCが熱の籠った声で合図を出す。それと同時に各チームが一斉に動き出す。春乃はダリア、トルコ桔梗、千日紅など紫系の花々を次々に確保していく。

一方の貴音はというと真竹を二本担いでいる。それも比較的若々しい色のものである。早くも舞台の上に戻ると鋸を手にした。全国大会ともなれば鋸は頻繁に使われており、それだけでは観客は驚かない。

普段なら一言二言挟んでから作業に入る貴音であるが、今日は口を噤んで竹に鋸を当てて挽いていく。

「ハルノオトの山城は花いけ中の軽妙な語りが得意なバトラーですが、今日はどうしたことか静かです」

ＭＣにもそう揶揄われるほどである。語りに関しては貴音に全て任せている。もしかして貴音でも緊張するのかと顔を見たが、口元が緩んでおりそんな様子は微塵も感じない。竹を真っ二つにする。そこでも口を開かず黙然と鋸を動かし、さらにそれを二つに切った。元の四分の一の長さである。

貴音はそこで顔を上げて額を拭う仕草をした。実際、額には珠のような汗が浮かんでいる。貴音は舞台端まで行き大音声で話し始めた。対戦相手も一体何を始めるのかと目を丸くしている。

「皆さん、鋸を挽くのはなかなか大変で、心のほうが先に折れてしまいそうです。お手を拝借してよろしいでしょうか。皆さんの手拍子の速さに合わせて鋸を挽きます！　私がさぼっているなと思ったら、どうぞ遠慮なく速くしてください！　それではいきます」

貴音は胸の前で手拍子を始めた。戸惑いながらも何人かの観客が手拍子を始める。それに合わせて自分の手も少しずつ上げていき、最後には頭上高くで強く手を打った。何だか面白そうだと思ったか、この時には観客の大半が手を打っている。

「ありがとうございます！　ではいきます！」

貴音は宣言すると手拍子のリズムに合わせて鋸を挽く。先ほどよりも早く竹は二つに切れた。

「もっと速くいきましょうか！」

貴音は片手で自分の肩を叩き、残る手で新しい竹を引きずってくる。手拍子は随分速くなっている。それに合わせて貴音は思い切り鋸を挽く。あっと言う間に竹が切れ、観客からわっと声が上がった。観客の悪戯心に火が付いたか、さらに手拍子は速くなる。

「これは厳しいかもしれません……でも頑張りますので、出来た時はどうぞ拍手をお願いいたします！」

貴音は鋸の形がぼやけてしまうほどの高速で挽いた。10秒も経たずして竹は切断され、観客から喝采が送られた。

「ご協力、どうもありがとうございます。皆さんのご声援が嬉し過ぎて、一つ多く切り過ぎてしまいました」

貴音が笑いながら言うと、観客の中からもくすくすと笑い声が聞こえて来た。春乃はその間も黙々と花をいけ続け、もう半分は完成している。春乃はトルコ桔梗を鼻先にすうっと寄せた。昨日までは香りさえしなかった。花は変わらずに咲いていてくれていたはずなのに。ごめんねと心の中で呟き、優しい手付きで花器へと導く。

——残り2分。

「相変わらず口だけは達者」

傍に来た貴音に笑いながら言った。

「だけは余計だっての」

貴音は次にドリルを取り出す。これは全国大会でも初めての登場で僅かにどよめきが起こった。長さ八十センチほどになった竹に次々に穴を空けていく。

「春乃」

「はい」

春乃は毬のように纏めてある麻紐を取る。

「あ、投げて。ふわっとな」

貴音は何か思いついたか悪戯っぽく笑う。春乃もそれが何なのか即座に理解してしまった。

「いくよ」

緩やかな放物線を描くように投げる。貴音はそれを足で蹴鞠のように蹴り上げる。次に額でぽんと弾いて両手で受け止めた。これには会場に来ていた子どもたちから、わあと可愛らしい声が上がった。

「ありがと」

「もう、時間ないよ」

「わかってる」

貴音は麻紐を伸ばし、ドリルで空けた穴に通しては縛り、縛っては通して、竹と竹を連結させていく。

——残り1分。

春乃はもう大方完成している。貴音は紐の端を口に咥えて腰の鋏でちょきんと切り、最後はぐっと力を込めて結んだ。出来上がったのは竹の筏のようなものである。

「ハルノオト、これをどう使うというのか。残り時間はもう30秒だぞ」

　貴音は出来上がったものを抱えて横に立った。

「出来た？」

「ちょっと待って……よし」

　貴音は春乃のいけた作品の前に手を滑らせた。注目して下さいという無言の仕草である。残り10秒のカウントダウンが始まった瞬間、竹の筏を持ち上げて花器の後ろに屏風のように立てた。

「あっ……」

　最前列に座る観客から思わず声が漏れるのが聞こえた。あるのと無いのでは明らかに花の鮮やかさが違う。紫が一層に際立っているように見える。これが何を意味するものかMCはいち早く悟ったらしい。

「ハルノオトは竹で背景を緑に変えた！　色には相性というものがあります。難しくは色相環などと言いますが……若竹の緑と、紫の相性は抜群です！」

　――5、4、3……。

　カウントダウンが続く中、二人は観客に向けて深く礼をした。

「終了！」

　惜しみない拍手が送られる中、頭を下げたまま目を合わせて微笑み合った。ハルノオトのスタイルは一見互いに無関係の作業をしているように見え、それが終盤にパズルのように組み合わさる。予選大会ぶりであるが今回もばっちり上手(うま)くいった。後は観客と審査員に委ねるのみである。昨日までと違い、これで負けても後悔はないと思えるほど、全力を出し切れた。

「一番よかったと思うチームの札を上げて下さい」

　観客席に背を向けているため、勝っているのか、負けているのか、結果が出るまでわからない。

「得点が集計されました……」

　春乃は祈るように手を組んだ。この時の緊張感だけはいつも変わらなかった。

「赤、東北代表の戸梅農業『宮城桜』101点！」

　背後のモニターにも点数が表示される。すかさず貴音が小声で訊(き)いてきた。

「多いの？」

「今日は昨日よりもお客さん多くて満員だからわかんない」

「そっか。待つしか無い訳ね」

　そのような会話がなされている間に、次のチームの点数が発表される。

「青、中国代表の吉田郡山(よしだこおりやま)高校『ショウチクバイ』63点」

　あっと二人は顔を見合わせた。

「そして……白、関東代表の宮戸川高校『ハルノオト』186点！」

「やった……」

「おっしゃ」

どちらからともなく手を出して思い切りハイタッチを交わした。勢いが強すぎて、じんと鈍い痛みが手に走ったが、そんなことも気にならないほど胸が躍っている。

ふと横を見ると中国代表の女子たちが肩を寄せ合って涙している。野球やサッカー、その他数多あるスポーツでも見られる光景である。彼女たちの夏はここで終わったのだ。

こんな時、何と声を掛けていいのかわからない。そもそも掛けるべきですらないのかもしれない。彼女らが貴音への交代を許してくれたから、こうして思った作品で勝負することが出来たのだ。

促されて舞台から下手に移動しても、二人はまだ涙を零していた。貴音はそこに迷いなく近づいていくと、直立して頭を下げた。

「ありがとうございました」

二人は指で涙を拭いながら同時に笑みを浮かべた。泣きながら笑っている。そんな表情であった。

「こちらこそ、ありがとうございました」

そこに東北代表の男子二人も近づいてきた。こちらは泣いているどころか、どこか清々しい顔をしている。こちらにも二人してお礼を言った。

「こんなんなら交代認めるんじゃなかったぜ。なあ？」

「本当。完全に俺ら呑まれてたもん」

「ごめんなさい……」

　何と言っていいかわからず、春乃は絞り出した。

「いや、皆ここを目指してやって来たんだから気持ちはわかる。それに認めたのは俺たちだし」

　中国代表の二人は二度、三度自分に言い聞かせるように頷くと、まだ潤んだ瞳でじっとこちらを見つめながら言った。

「私たちの分まで……このまま決勝までいってね」

「うん。本当にありがとう」

「優勝まで行くさ」

　貴音が大口を叩き、皆が一斉に噴き出した。春乃はただただ嬉しかった。高校のスポーツは勝負に一喜一憂するものの、それを超えて理解し合えると聞く。そんな一瞬にずっと憧れていたから。

　ハルノオトは敗者復活二回戦も、竹のどこに穴を空けるかを決めて貰うという、関東予選でやった方法で観客を巻き込み、次点に45点の大差をつけて突破した。次はいよいよ決勝トーナメント。あと二回勝てば夢に見た優勝である。準決勝の相手は一回戦で一度敗北を喫した、東海代表掛布第一高校「Azalea」。何かこちらに対して含むところがありそうな、あの猪苗代のチームである。

2

準決勝一組目は、「ハルノオト」対「Azalea」となった。春乃たちは下手、相手は上手（かみて）に待機しており、MCが呼び出したら両側から舞台中央に進むという段取りである。舞台の向こうから猪苗代が春乃をじっと見ている。

「あ、あの子ね。マジで見られてんじゃん」

貴音は苦笑した。交流会で声を掛けられたこと、挨拶（あいさつ）を返したのだが、何故（なぜ）かむっとされてしまったこと。それ以降、何やら怒りの籠った視線で見られていること。対戦相手だということもあり、空き時間で貴音にこの間のことを説明していた。

「何だろ……でも何か懐かしい気もするんだよね」

「生き別れの双子の姉とか？」

「いや、それはない」

「うーん……昔、お祖母（ばあ）ちゃんのうち来た時、一緒に遊んだ子とか？」

「あの子、東海代表だよ」

「あっ、そうか。香川にいるからてっきり」

「確か静岡」

「静岡、静岡……全日本お茶漬け選手権とか出たことある？」

「無いし。そんな大会も無いだろうし。何で漬けちゃうのよ。普通に御茶摘みとか……」

この二か月間、ずっと繰り広げてきたような会話で、いい意味で普段通りである。昨日までの緊張感はどこにもない。

「それでは敗者復活から勝ち上がってきた、宮戸川高校『ハルノオト』です！」

馬鹿な会話をしていたので、いきなりMCの呼び出しが入って慌てた。脚がもつれ、びたんと前のめりに倒れてしまった。上半身だけが飛び出した格好となり、会場は笑いの渦に包まれた。

「馬鹿なやつ」

貴音も必死に笑いを堪えて手を差し出す。

「あんたが下らないことばっかり言ってるから」

笑いはまだ止んでいない。恥ずかしさのあまり顔が上気して観客席が見られなかった。

「大丈夫ですか？　緊張しているのかも……しれませんね」

MCも耐えきれずに噴き出している。貴音は手を取って引き起こしてくれ、

「すみません。この子、めちゃくちゃ運動神経悪いんで」

と、さらに笑いを誘う。

「最低」

「でもこれで相手も油断してくれ……てはないか」

続いて呼び出されたAzaleaの猪苗代はくすりともせずに中央に歩いて来ると、春乃に

だけ聞こえるような小声でぽつりと言った。

「本当に変わってないね」

「え……失礼だけどどこかで――」

「さあ、それでは準決勝を始めます。10秒前……9、8、7……」

トーナメントからは開始もカウントダウンされる。そのアナウンスに春乃の問いは遮られた。

――猪苗代、猪苗代……やっぱりそんな名字知らない……。

「おい、集中しろ」

「3、2、1……始め!」

貴音に言われて我に返った時、決勝戦の切符を懸けた戦いの火蓋が切られた。

「いくぞ!」

今回指定された花器は大きく、譬えるならば口もバケツほど広い。これまでのAzaleaの戦いぶりを観察していると、とにかくボリュームのあるダイナミックな作品が多かった。彼女たちの作品に向いている花器といえる。大きな作品を作るということは、必然的に大量の花材が必要となる。この戦いは初っ端から花の争奪戦になると踏んでいたのに、一歩出遅れる形となってしまった。

猪苗代は大きめの体に似合わず、俊敏に客席を駆け抜けて次々と花材を攫っていく。こちらも手分けして取る段取りであったが、Azaleaの二人のほうがより綿密な打ち合わせをしているようで、こちらの目当ての花材が次々に奪われていく。

「春乃！　ソリダスターは頼む！」

猪苗代のほうがより速いと見て、貴音は進路を変えた。しかし花材の名前を出したのがまずかったか、春乃が手に掛ける寸前のところでソリダスターが取られた。

「あ……」

「海野です。よろしくね」

猪苗代ばかりに注目していてよく見ていなかったが、二重瞼がぱっちりとした日本人離れした美人である。一方の猪苗代は両手一杯に花材を抱えて舞台へ戻ろうとする。

「おいおい……そんなに使うのかよ」

猪苗代はパンパスグラス、大きな薄のような花材を取り、貴音は呆れながらトルコ桔梗をバケツから抜いた。

「ごめん。ソリダスターはもう無い」

春乃は駆け寄って貴音に相談する。

「しゃあねえ、作戦変更だ。大きな作品対決に乗るのは避けて、纏まりのいい……」

貴音が言いかけたその時、花材を置いた猪苗代がこちらに向けて大声で呼びかけて来た。

「ここまでは三チームで争ってきたのに対し、今回からは二チームの直接対決。花材はふんだんにある。より多くの種類、より大きく壮大な作品で競い合わない？」

観客の中からいいぞと声が上がり、誰かが拍手をしたかと思うと、それは一気に会場全体に伝播した。

「やられた……」

貴音が下唇を噛む。貴音の劇場型花いけをまんまと模倣されてしまった。

「どうするの……」

「もう観客はその勝負を見たがっている。これで逃げたら分が悪すぎる」

「でも、あんだけ確保しておいて大きな作品で勝負を挑むなんて、心証が悪すぎない？」

「見てみろよ。まだまだ会場には花材が残っている」

貴音はくいと顎を振った。確かに花材は半分以上ある。ただ問題はその種類である。

「もしかして……」

「そう、嵩のある花材は全部押さえられている。でも観客は半分以上残っていることしか見えていない。まんまと引きずりこまれた。恐らく最初に声を上げたのも、拍手を始めたのも、彼女らの応援団。サクラってやつだ」

貴音が一気に捲し立てる間も、無情にも時は流れていく。

——残り、４分。

「お二人どうするの？」

猪苗代は舞台から見下ろし、髪を掻き上げながら訊いた。

「あ……わかったかも……」

「何がだ」

「あの子が誰か……」

髪を掻き上げる時の手の動きが特徴的で、それでぴんと来るものがあった。過去、貴音にも話したことがあった。

「なるほどね。よし」

貴音は呟くと、舞台の上の猪苗代に向けて宣言した。

「ああ、いいぜ。より大きな作品だな」

「ちょっと、貴音」

春乃が止めようとするが、貴音はそっと耳打ちしてきた。なるほど。それなら対抗出来るかもしれない。

猪苗代は間髪入れずに応じる。

「じゃあ、決まり。でもボリュームがあれば何でもいいって訳じゃなく……」

「わかっているよ。嵩を出すだけなら適当に積み上げとけばいい。俺たちは花をいけに来てんだ。綺麗に仕上げてやるよ」

猪苗代は口を綻ばせる。二人は舞台に戻り、春乃は花器に花をいけていく。向こうは二人掛かりで花器に向かう。貴音は舞台に上がる時に引っ張ってきた竹を置く。こちらは真竹ではなく虎竹。直径七、八センチの比較的細い種類である。

「時間がねえ。柄鎌でいく。絶対近づくな」

竹を切る時に使えるのは鋸、鉈、そして柄鎌の三種だと竹細工師の小野が言っていた。

貴音はあれから何度も小野の所へ通い、道具の使い方、竹の加工の仕方を習ったという。

今回使うのは柄鎌、鎌のように刃が曲がった、手斧(ておの)に似た厳(いか)めしい道具である。貴音は舞台の隅へと移動し、柄鎌を振るって次々に虎竹を切断していく。乾いた音が立つたびに会場から感嘆の声が上がった。

柄鎌は鋸と違って、切断面にどうしても凹凸(おうとつ)が出来てしまう。しかし利点はなにより早いということだ。貴音が一振りすれば、断たれた竹が金太郎飴(きんたろうあめ)のように転がる。竹の長さはまちまちである。

対する猪苗代と海野は二人掛かりで花をいけている。すでに花器には隙間(すきま)がなくなり、ぎゅうぎゅうに詰め込むようになっている。さらに花の間にまでいけだした。茎は花器に入らず、宙に浮くような恰好(かっこう)である。

「ありゃどうなってんだ？」

一瞬手を止めて貴音が訊いた。

「花の間にオアシスを仕込んでいる。高さが出る」

オアシスと呼ばれる緑色の給水スポンジ。それを花束の中に仕込みそこにもいけているのだ。よりボリュームが出るのは間違いない。

――残り3分。

「春乃！　どうだ⁉」

「もうすぐ終わる！」

こちらは花器の八割で止めた。これくらいに留めておくのが最も美しいバランスだと春乃は思っている。ただ今回は猪苗代の「喧嘩」を買ってしまっている。観客も貧相な作品だと思うだろう。

「そっちは⁉」

「よし」

貴音は小ぶりの鉈に持ち替え、四十センチほどに切り落とした虎竹を取ると、切り口を斜めに落とし、そして机の上の花器の前に置いた。即席の一輪挿しの完成である。春乃は二、三本の花を見繕っていけた。

「どんどんいくぞ！」

貴音はそう言うと、どんどん一輪挿しを作っては、花器を取り囲むように配置していき、そこに春乃がすかさずいける。餅つきを思わせる軽快なリズムである。ＭＣもこれには驚いたようで、声が幾分上ずっていた。

「これは大会初です！　ハルノオト！　花器を大量に作るつもりだ！」

机に一輪挿しの置き場が無くなると、長く切った虎竹を取り、同じように口を斜めに切った。これは机の下にそっと立てる。竹の高さは机より僅かに低いほど。今度は机の周囲にどんどん置いていき、春乃は全体の色合いを想像しながらこれにもいける。

「花器を作るだけでなく、机の外にも作品を広げるつもりだ！」

ＭＣは興奮している。一方の Azalea はというと、最初に花を取りすぎたか、花器に収まらず多くの余りが出来てしまっている。それを無理やりいけようとして花器がぐらつく。

——残り1分。

「春乃！　全部使うぞ！」

「任せて！」

貴音は虎竹を二本脇に抱えて、同時に斜めに切り落とした。さらに速度を上げて放射状に様々な長さの一輪挿しが配置され、残りの花とも相談しながら、春乃は流れる汗もそのままに懸命にいけた。

——5、4、3、2、1……終了！

拍手に包まれながら春乃と貴音は拳を合わせた。全ての花材を使い切った。Azaleaには三、四割ほどの余りが出来てしまっている。このまずさに猪苗代も気付いたようで苦く顔を顰めていた。審査結果が発表される。

「関東代表宮戸川高校『ハルノオト』の点数は……195点！　東海代表掛布第一高校『Azalea』155点！　よって『ハルノオト』が決勝進出です！」

試合後、舞台の裏に下がると、春乃は猪苗代のもとへ駆け寄った。

「おめでとう……あんな発想はなかった。素直に負けを認めるわ」

猪苗代は気落ちした様子だが、そう言ってくれた。

「希恵だよね」

「わかったんだ……」

　小学校五年の時に引っ越した幼馴染である。離れても友達、春休みにはみんなで集まろうと言って、当初は文通も続けていたが、小学生にとっての静岡はかなり遠い場所。希恵からの返事が途絶えたこともあり、いつの間にかうやむやになっていた。

「すぐに言ってくれればよかったのに。わからなかったよ。名字変わったの？」

「ああ……お母さんの旧姓。うち離婚したから」

「色々あったんだね。でもいきなり猪苗代って目に入ったから。ずっと名字のことばっかり考えてたせいで、希恵だって発想もなかったもん」

「私はてっきり中学生になって随分太ったからだと……」

　猪苗代、いや希恵は少し驚いた顔をした。

「え？　まあ、確かにふくよかにはなったけど……中高生の頃って皆、顔とかも変わるじゃん。それよりも猪苗代のインパクトは強すぎ」

　春乃が微笑むと、希恵もくすくすと声を立てて笑った。

「確かに。私も春乃が珍しい名字に変わっていたらわからないかも」

「でしょ。五百旗頭さんとかになってたら、絶対そっちに考えいっちゃうし」

　希恵は笑い過ぎて目尻の涙を拭いた。些細なことでもよく笑うのは昔から変わっていない。

「でも、何でわかったの？」

「髪の掻き上げ方。普通下から手を入れるでしょ？　でも希恵は頭の後ろから手を回す癖あるよね。それに左利きだったし。それでぴんと来た。あんな変な掻き上げ方、他の人で見たことないし」

「あー、それかあ……癖(くせ)って直んないんだよね」

「ごめんね。すぐに気づかなくて」

「私こそ試すような真似(まね)してごめん」

希恵はにっこりと笑って言った。

「春乃も大会に参加してるって知ってびっくりした……本当に凄(すご)かったよ。私たちの完敗」

「ありがとう」

「あれ、彼氏？」

少し離れたところで道具の手入れをしている貴音を見て、希恵は悪戯っぽく笑った。

「違う、違う。ただのチームメイト」

目の前で手を慌てて横に振った。

「ふうん。それくらい息がぴったりだったから。でも遅れて駆け付けるって、王子様っぽいよね。よく見れば恰好いいし」

「うーん……王子様っていうより、将軍様のほうが似合いそうだけど」

春乃が苦笑した時、割れんばかりの歓声が舞台裏にまで聞こえて来た。

「春乃。多分、あいつだな」

貴音もそれを生んだ主が誰であるかわかったようで、ゆっくりと歩み寄ってきた。

「希恵、点数出るみたいだよ」

希恵の相方の海野が楽屋から顔を出す。バトル中は舞台袖にいてはいけないと決まっているので、楽屋のモニターで見ていたらしい。春乃もバトルの様子を見ようとしたが、

「見たらまたがちがちに緊張するだろ。俺たちは俺たちでやればいいんだよ」

と、貴音に止められた。春乃の弱点を的確に捉えている。三人で楽屋に入りモニターに釘付けになる。

ステージの後ろに点数が出て、MCが点数を読み上げる。皆が唖然として言葉を失っている中、貴音だけがぼそりと呟いた。

「やるじゃねえか……」

——北陸代表、武江高校「越前花」57点。京都清北高校「華風」293点。

丸小路秋臣擁する京都清北高校「華風」の圧倒的勝利であった。

3

いよいよ始まる。ずっと思い描いていた決勝の舞台である。
決勝戦はこれまでと一つルールが異なる。今までは二人一組で一つの作品を仕上げてい

た。決勝戦は一人で一つの作品を作ることになる。チームで先鋒と次鋒を決め、それぞれ一対一で戦うのだ。そしてその合計点数の高いほうの勝利となる。

準決勝から決勝までの間、20分の休憩が挟まれた。この段になっても二人はどちらが先鋒で、どちらが次鋒を務めるか迷っていた。そろそろ決めなくてはという時、話しかけて来たのはこれから対戦する秋臣であった。

「落ち着かれましたね」

「お蔭様で……。恥ずかしいです」

「どちらか決まりましたか？」

「まだ……ですね」

春乃が答えるより早く、貴音が応じる。仮に決まっていても手の内を見せないだろう。

「大塚さん、決勝の前にどうしても話しておかなければならないことがあります。すぐ終わります」

「はい。何でしょう？」

「僕は来年ももちろん、高校を卒業しても『花いけバトル』を社会人の部で続けるつもりです」

丸小路家は華道の名門中の名門であり、周囲からはお遊びは高校生までにしろと言われている。だが秋臣は当然華道にも精進するが、花いけバトルも続ける意思があるという。観客の反応を直に見ることが出来、秋臣は花をいける新しい喜びを感じたらしい。

「大塚さんは？」

「私はまだ何も……」

「もったいない。大塚さんほど花を愛し、楽しそうに、生き生きといける人を初めて見ました」

「ありがとうございます」

「僕は東京の大学を受験します。その時、僕とペアを組んで下さいませんか？」

「え……」

「お返事は試合が終わったあとで結構です」

秋臣は貴音のほうを向いて続けた。

「うちの先鋒は藤堂(とうどう)、次鋒は僕です。山城君……どうします？」

秋臣は惜しげもなく漏らすと頬(ほお)を緩めた。貴音への挑戦と取ってもいい。

「望むところだ」

貴音は秋臣から視線を外さずに低く答えた。こうしてハルノオトは先鋒が春乃、次鋒が貴音と決まった。

「さあ、いよいよ百花繚乱(ひゃっかりょうらん)、咲き誇ってきた全国高校生花いけバトルも決勝戦です！」

ＭＣも最後の戦いとあって、これまで以上に声に熱が籠っている。

「白の『ハルノオト』の先鋒は大塚春乃！　赤、『華風』の先鋒は藤堂純一(じゅんいち)！」

事前に希恵から藤堂の情報を得ていた。華風は秋臣ばかり注目されているが、藤堂も相当な実力者である。母が秋臣の母の弟子で香月院流の師範を務めており、藤堂も七歳から華道に親しんできた。十七歳の段階での最高位である二段の腕前という。

「それではカウントに入ります！　10、9、8、7……」

MCに合わせて数える観客もいる。

「6、5、4、3……」

藤堂は少し太めの眉を開きつつこちらに会釈をしてきて、春乃も軽く返す。

「2、1……始め！」

やはり男の方が瞬発力で勝る。藤堂はいち早く会場に降りると迷いなく走る。手に掛けたのは石化柳。尾上柳の亜種。日本原産で、くねくねと枝が流線を描くことから蛇竜柳の別名でも呼ばれる。生け花に多用される品種である。春乃は開始前からまず何を取るのか心に決めていた。

「おーっと、大塚が取ったのは流木だ！　しかも一番大きなものを選んだ。運べるのか⁉」

春乃は屈んだ体勢から両手で一気に持ち上げた。

「重っ……」

確かに重いが持てないほどではない。ふらつきながら舞台の上に運び上げる。その間にも藤堂はカークリコ、パンパスグラス、ナツハゼを取り、次に唐辛子の花に手を伸ばした。

春乃は満天星を二本持って舞台に戻る。花はまだ何もない。

「ここからどのような作品に仕上がっていくのか。楽しみです」

ＭＣの声だけが会場に響き、両者無言で花をいける。先に動いたのは藤堂であった。鋏を取り出すと唐辛子の実を切り落とした。一つだけではない。二つ、三つ、四つとどんどん落としていく。

「これは……千利休の一輪の朝顔を再現しようとしているのか！」

茶の湯で有名な千利休にそのような逸話がある。時の権力者である豊臣秀吉は、利休の屋敷の庭に咲いた朝顔が見事だという評判を聞きつけて、是非見たいと言ってきた。利休はそれを受けて茶会を開く。

当日、楽しみにして訪れた秀吉だが、朝顔の花が全て切り落とされていた。これはどういうことだと憤って茶室に踏み入ると、そこには一輪だけ朝顔が飾られていた。秀吉は利休の美的センスに舌を巻いたという。

余分なものは全て排除し、一輪の美しさを際立たせる。藤堂がしようとしているのもまさにそれであろう。だからこそ他の花材は、比較的色合いが地味なものを選んでいる。

「よし」

満天星を二本ともいけ終えた。花器から左右に大きくはみ出ている恰好だ。春乃は再び観客席に降りると、制服のブレザーを脱いだ。ブレザーの袖を括って即席の袋を作る。花いけバトルには「いけるための道具」の持ち込みは許されているが、その他は一切禁じられている。直接関係の無い籠や袋もやはり駄目なのだ。春乃は多くの花材が並ぶ裏、舞台の花道へ向かう。

「大塚は何を取るんだ？　何も取らない……拾っている！」

ＭＣが春乃の動きを追った。春乃が拾っているもの。それは枝や茎から落ちた花、散った花弁である。何度もバトルに使用されればやはり弱って花が落ちてしまうこともある。バトルが終わるたび、スタッフが箒とチリトリで清め、花材で隠れた花道に集めているのを見ていた。それを全て掻き集め、ブレザーで作った袋に入れていく。

――残り３分。

春乃は舞台に戻ると紐を取り出して、様々な花を木の枝に括っていく。花を星に見立てて、まさしく満天の星に仕立てようと思っている。

「一度は落ちた花を再び活かす。これが大塚の作戦のようだ！」

藤堂はというと、花を全て切り終えていた。あまりに対照的な作品の対決になる。春乃は小ぶりな花を幾つも集めて毬のような小さなブーケを作った。そこから伸びた紐を枝に留め、ぶら下げるようにした。月のように見えればと咄嗟に考えたのだ。これには観客の反応も上々で、小さな女の子は指を指して可愛いと言ってくれた。

――残り１分。

後は花弁。手で顔の前に掬い上げて目を瞑る。様々な花の香りが入り混じっている。共通しているのはどれも自らが輝けると訴えているかのように、強い芳香を発していることである。彼女たちを、もっとちゃんと皆に見せてあげたい。

これは流木を前に置いて、その上、残りの机全面に敷き詰める。机の茶色が華(はな)やかな色で覆われていった。観客の感嘆は明らかに自分に向いている。互角以上に渡り合えていると確信し、最後の一握りを敷き詰めようとした時、春乃の肩がぶら下げた花に当たった。

「春乃！」

舞台袖から貴音の声が聞こえた。

「あっ——」

丁度いいバランスを保つようにしていた満天星が倒れていく。観客から悲鳴に似た声が上がった。春乃は手を伸ばしたが間に合わず、花器が倒れてしまった。

——残り30秒。

もう完璧に作り直す時間はない。心が折れそうになったその時、また貴音の声が耳に飛び込んで来た。

「春乃！　諦(あきら)めるな！」

春乃は我に返って花器を起こす。幸いにもぶら下げた花の毬は無事である。だが幾つかの花は衝撃で取れてしまっている。もう結び直す時間はないと、机の上に並べて体裁を整えていく。

「3、2、1……終了！」

気が付けば春乃は肩で息をしていた。残り30秒は息を止めていたのかもしれない。それほど集中していた。何とか持ち直したが、最初よりは確実に作品の質が落ちていた。

「結果が出ました……『ハルノオト』大塚、161点。『華風』藤堂、189点！」

――花器を倒さなければ……。

後悔の念が押し寄せて春乃は下唇をぐっと噛みしめた。

春乃は袖に入ると、貴音に震える声で言った。

「ごめん……私が勝たなきゃならなかったのに……」

ハルノオトが勝つためには貴音は29点以上差を付けて勝たなければならない。しかもあの秋臣にである。春乃が何とか10点以上の差をつけて勝ち、貴音に繋（つな）ぎたかった。

「凄（すげ）えな」

「え……？」

「捨てる花を使うなんて発想、俺には無かった。花を大切にする春乃らしいな」

「でも倒してしまって……」

優しい言葉を掛けられると泣きそうになり俯（うつむ）く。

「それでは次鋒戦に入ります――」

MCが呼び出しを始める中、貴音は春乃の顎に手を添えてぐっと持ち上げた。

「俯いたら見えないだろ。顔上げろ」

「何を……」

「俺たちの勝つところ」

貴音は不敵に笑うと、春乃を残して力強く歩み出した。舞台の強い照明が、貴音を包み込む。春乃はぼやけた視界の中、その大きな背を見送った。

4

向こうから秋臣が歩いて来る。表情は穏やかそのもので落ち着き払っている。ＭＣが再度決勝戦のルールを説明する中、秋臣は観客のほうを向いたまま話しかけてきた。

「大塚さん残念でしたね……戻って来た藤堂は、あのままだと負けていたと顔を青くしていました」

「当然。うちのキャプテンは強いからな」

「へえ、キャプテンとか決めているのですね」

「今、決めた」

「ふふ……面白い人だ」

「最高の誉め言葉をありがとう」

貴音は小さく鼻を鳴らした。

「僕はこの試合が終われば、大塚さんに告白しようと思っています」

唐突な話に貴音は思わず横を向いた。秋臣は真剣な眼差しを向けている。

「遠距離恋愛っすか」

「笑ってくれて構いません。一目惚れというやつです。彼女のお蔭で、純粋に花に向き合っていた頃の自分を思い出しました」

「丸小路さんでしたよね。俺たち気が合いそうだ」

「と、いうと?」

「俺も同じこと考えていた」

秋臣は一瞬きょとんとし、すぐに口元を綻ばせた。

「では、この勝負に勝ったほうが……」

「断る。あいつは賭け事の景品じゃねえ」

「これは一本取られました。全くその通りです」

「案外、あれでもてるみたいだぜ」

「そうでしょうね。高嶺の花……ですか」

「早速、負けを認めてくれるとは」

貴音はくすりと笑った。

「貴音……の花。なるほど。やはり面白い人です」

丁度その時、MCの説明が終わり、スタンバイを促された。二人共、机の前に立ち、その時を待った。

「それでは次鋒戦……いや、最終戦。白は山城貴音。赤は丸小路秋臣。カウントダウンに入ります!」

観客の盛り上がりも最高潮に達し、カウントダウンを口に出す。

「3、2、1……始め！」

貴音はすぐに動き出して舞台から飛び降りた。一方の秋臣は階段を使ってゆっくりとした足取りで歩く。

――『花纏』で行く。

山城座の演目である。江戸時代の火消の物語で、纏と呼ばれる道具が登場する。屋根の上に昇り、火事場で目印として振るのだ。その中に出て来る甚助という役は、纏に色とりどりの折り紙で作った花を飾っていたことから、花纏と呼ばれるようになった。これを竹と蔦を使って表現しようと思った。

貴音は花器に収まる大きさの真竹を見繕い、蔦を大量に取って舞台へと戻る。秋臣はというと花材を吟味しながら一本ずつ抜いているところだった。貴音も花材を急いで集めて制作に入る。

「山城は何をしているんだ……竹を一本丸ごと使うつもりか⁉」

アナウンスが入ると、貴音はMC席に向かってぐっと親指を立てた。

「私の予想は当たったようです」

MCが言うと、観客はどっと笑い声を上げた。貴音は蔦を握って滑らし、葉をまとめて落とした。鉈で手早く竹に穴を空け、束ねた蔦を竹の先端に押し込む。これで素地は完成、あとは花を蔦に括りつける。そしてバランスの危うさで観客をハラハラさせ、注目を一身に集めるつもりである。

秋臣はどんな様子かと確かめた時、貴音はあっと声を上げてしまった。秋臣が両手一杯に抱えているのは、準決勝の時に自分が作った竹の一輪挿しだったのだ。

「折角、作ってくれたのですから使わせて頂きます」

秋臣は微笑みながら階段を上ってくる。

――しまった。

流木、竹などの花材は加工してもそのまま元に戻される。つまり事前に使用法を決めていても、一試合前の戦いで加工され、思い描いたように使えない場合もあるのだ。反対に加工されたものを利用することも出来る。秋臣がやろうとしているのはまさにそれであった。貴音も使おうと思えば使えるが、二回連続で似たような作品を作るはめになり、観客からの支持は得られないだろう。

秋臣は一輪挿しを机の上に置き、予め取っていた花を素早くいける。これを高速で繰り返す。春乃と貴音が二人掛かりでやっていたことを、一人で再現しようとしている。

これもハルノオトが敗者復活一回戦で見せた「竹の背景」を模倣している。ただ違うのは竹に花がいけられ、絶妙に重なり合ってそれぞれの色彩を引き立たせている。さらに発展させた「花の背景」といえる。

色彩感覚が図抜けていた。長年、花と向き合って来た秋臣だからこそ全ての色を活かせるのだろう。

――これは……負ける。

観客の心の動き、これに関しては自分のほうが見る目があると思っている。秋臣が一輪いけるたびに、観客から感嘆の声が上がっているのだ。花纏を完成させたところで勝ち目はない。

「どうした！　山城の手が完全に止まっているぞ！」

ＭＣの声も遠くに聞こえる。貴音は片膝を突いて、蔦に花を括ろうとしたまま固まっていた。

――どうにか他の方法で……。

挽回の一手を探るが何も思い浮かばない。舞台の上でこれほどまでに動揺したのは、幼い頃に初めて演じた時以来だった。

――残り３分。

残り時間を告げる声が、さらに心を掻き乱した。花をいける。どうやって。何か奇策は。頭の中をぐるぐると同じことが巡ってゆく。

「貴音！」

はっとして袖に目をやる。春乃が叫んだのだ。応援すること、声を掛けることはルール違反ではない。

「ああ……」

聞こえるはずもない小声で応じてしまった。

「負けてもいい！」

「私が見た『瞼の母』を演じていた時の貴音は輝いてた……自分らしくやって！　私はいつもの貴音が見たい！」

「え……」

「いつもの……俺……『瞼の母』……」

貴音は呟くと、ゆらりと立ち上がった。

春乃は袖から見守っている。目が虚ろで、気がそぞろな貴音を見るのは初めてで、思わず叫んでしまった。貴音は立ち上がると、竹、蔦を持って舞台から飛び降りた。

「山城貴音！　どうしたことか、竹と蔦を元の場所に返す。時間は無いぞ！　何を考えている！」

ＭＣが叫ぶように実況し、観客からもどよめきが起こる。秋臣も一瞬手を止めて怪訝そうにしていた。

――白と赤。

貴音は心の中で呪文のようにそれを唱えた。純白の鉄砲百合と、深紅のダリアを根こそぎ取って舞台の上に戻った。そして貴音は袖を見て不敵に微笑むと、朗々と語り始めた。

「時は嘉永二年の秋、江戸は柳橋の料理茶屋『水熊』。それを切り盛りする後家の女主人の名はおはま。ならず者の金五郎はおはまの婿となって、水熊を乗っ取ることを企んでおりやした……」

観客全員がえっと息を呑む。

「へへへ……もう一押し、二押しすれば、水熊は俺のもんさ」

貴音の声色が低く卑しいものに変わる。そして一押し、二押しの台詞に合わせて花器にダリアを二本いけた。

――これは……『瞼の母』。

春乃が山城座の公演で見た演目である。先ほど口にしたが、まさかここでそのまま演じるとは思ってもみなかった。貴音は完全に演劇の中に没頭しており、さっきまでと打って変わりその表情には生気が漲っている。

「そこに母を捜して何千里と旅をする忠太郎。水熊の前で、おはまの古馴染であるおとらと行き合い、女将が江州の出で、五つの息子と生き別れたことを聞き出しやす……女将さんはいつもうなされては忠太郎、忠太郎と呼んでなさる」

後半からしわがれた老婆の声のようになり、さめざめと泣く演技をする。それが実に板についている。そしてダリアを涙に見立てて、ぽとん、ぽとんと三本いけてみせた。

「これは……劇なのか」

ＭＣも言葉を継げずに見入っていた。

――残り2分。

そんなアナウンスも耳に入っていないかのように、観客は一様に引き込まれ、息を呑んで見守っている。残り時間は僅か。場面を端折りつつ、貴音はいつもより早口で台詞を回す。

「忠太郎は矢も盾もたまらず水熊を訪れた。おはまは初め、忠太郎を強請り騙りの類と高を括るも、やがて我が子であることを悟る。それでも息子は九つで死んだと、名乗り出てきたのは金が目当てかと突き放す。忠太郎はこれまで手をつけずにいた金百両を胴巻から出すが、母の冷たさは変わらない……ああ、おっ母さん……」

貴音は縋るようによろめき、また一本いけた。

「おはまにはすでにお登世という娘がいた。忠太郎の妹になる。祝言を控えた娘のためにと、忠太郎を突っぱねたことが今になって悔やまれる。忠太郎が現れて焦る金五郎。浪人の鳥羽田要助を差し向けて忠太郎を亡き者とせんとする！　くたばれ！」

貴音の語調が強まる。貴音はダリアを刀に見立てて宙に振ると、すぐさま位置を変えて後方に宙返りをしてみせた。観客から喝采が巻き起こった。着地と同時にまたもや花をいける。

――残り1分。

もう誰もアナウンスを気にしない。観客全ての視線が貴音に注がれているのがわかった。

「鳥羽田を返り討ちにした忠太郎。そこに忠太郎を案じたおはまとお登世が近づいていることに気付き、咄嗟に茂みに身を隠した……」

十本ほどを鷲掴みにして屈むと、それで顔を覆って茂みに見立てた。

「おはまたちは何度も名を呼ぶが、忠太郎は応えなかった。母子がついに去ったあと……

忠太郎は反対の方に向かって歩き出した」

貴音はてくてくと歩きながら手の花束を花器にそっと入れた。いつの間にか花器は真っ赤なダリアで満ち溢(あふ)れている。

「俺あ、こう上下の瞼を合わせ、じいっと考えてりゃあ、逢わねえ昔のおっ母さんの面影が出てくるんだ——それでいいんだ。逢いたくなったら俺あ、眼(め)を瞑ろうよ」

——泣いている。

貴音の頬を涙が伝い、照明を受けて煌(きら)めいていた。

「皆さんもどうか目を閉じ、瞼の裏に大切な人を思い浮かべて下さい」

貴音本来の声色に戻る。観客は貴音の優しい語りに誘われるかのように目を瞑った。春乃もそっと目を閉じた。家族、長岡先生、渚、希恵、そして貴音。春乃の瞼に浮かんでは消える。

「その人に花を贈ってみてはどうでしょうか。大切な人となら花もきっとさらに美しく見えるはずです。目を開いて見て下さい」

「え……」

花器に挿さっていたダリアが全て鉄砲百合に替わっている。目を瞑らせておいてマジックという訳でもないだろう。この会場にいる全員がその意図がわからない。

「緑……」

「本当だ！　緑色が！」

「緑と白が混じってる！」

観客が口々に話す声が聞こえた。

「補色残像効果……」

同じ色をずっと見つめた後、白色のものを見るとそこに色相環における補色が浮かび上がる。これを補色残像効果という。手術着が白ではなく、淡いグリーンやブルーなのは、血をずっと見た後に、補色が浮かび上がって邪魔にならないようにするためである。

緑の残像が鉄砲百合の周りを幻想的に浮遊する。大きな葉が優しく花を包み込むように。それは母が子を慈（いつく）しみ抱く姿を想（おも）わせた。

「5、4、3、2、1……終了！」

カウントダウンも気に留めず、皆は溜息をついて鉄砲百合を眺めていた。残像が薄らいでゆく。それを名残（なごり）惜しむかのような感嘆も聞こえて来た。

貴音は袖を見て拳を突き出すとからりと笑った。春乃は知らないうちに涙を流していた。この時がずっと続けばいいと願っていた。隣で貴音の花をいけている姿をずっと見ていたい。これからも一緒に冗談を言い合い、喧嘩もしながら、一つの作品を作っていきたい。しかし同時にこれが最後なのだということも思い出してしまう。

「両者先鋒も舞台へ」

今度の採点で優勝者が決まる。二人出揃（でそろ）い、チームとして結果を聞くのだ。

「何泣いてんだ。俺の花いけに感動したか？」

貴音は演技ではなく花いけと言った。やはり白い歯を見せて笑っている。

「感動した」

「珍しい。褒められた」

貴音は軽口を言いながらこめかみを指で掻いた。

「それでは採点に移ります。バトラーは後ろを向いて下さい」

振り返る時、同じく後ろを向こうとする秋臣と目が合った。秋臣は清々しい表情で微笑んでいた。

「それでは札を上げて下さい！」

背後で人の動く気配がする。この観客の人数だ。数えるにはそれなりに時間も掛かる。この時間、春乃はいつも手を目の前で組んで祈るのが癖になっている。しかし今回はもうしなかった。少し顎を上げて胸を張った。照明が眩しい。

「ねえ、貴音」

「ああ」

「獲れるかな」

そうは訊いたものの、春乃はもう勝ち負けはどうでもよくなっている。こんな気持ちになったのは初めてのことだった。

「もう貰ってる」

貴音はぽつんと答えた。

「え……勝ったって言いたいの？　相変わらず凄い自信」

「違うって」

貴音も苦笑しつつ顔を少し上げ、眩しそうに目を細める。

「なあ、春乃」

今度は貴音が呼んで来た。

「ん？」

「終わったら、話がある」

「私も」

もう二人とも何も話さなかった。横を見ずとも貴音が笑っているのがわかる。

「結果が出ました！　京都清北高校『華風』丸小路秋臣……」

春乃はこの時を嚙みしめるようにゆっくり目を瞑る。これから何度もこの仕草をするに違いない。そんなことを思ってそっと微笑んだ。

エピローグ

夏はあっという間に過ぎていき、秋がやってきた。また日常が始まる。授業中、春乃は机に頬杖(ほおづえ)をついて外の景色をぼうっと眺めている。木々はすっかり赤く染まり、風が吹くと木の葉が踊るように舞う。春乃はそれを目で追いながら、二か月前のことに思いを馳(は)せていた。

大会終了後、エントランスに出た春乃を、真っ先に迎えてくれたのは祖母だった。祖母は涙を沢山流しながら、

「春乃ちゃん、本当に頑張ったね。お祖母(ばあ)ちゃん感動して涙が止まらなかった」

「ありがとう」

肩を抱いてくれた祖母に、春乃も笑顔で返した。

「貴音君、イケメンね」

「イケメンって……お祖母ちゃん、若いね」

春乃は小さく噴き出した。

「お祖父(じい)ちゃんの若かった頃を思い出したわ」

祖母がくすっと笑ったのが印象的であった。その祖母はすっかり花いけバトルにはまったようで、他の人の動画も見たいと言い出し、スマホの購入を考えているらしい。

荷物を纏めて会場を出た春乃に、話しかけてきた人がいる。秋臣だった。

「大塚さん。本当にありがとう」

「こちらこそ、ありがとうございました。それと試合前に言っていた……」

「結構ですよ。まだ聞かないでおきます」

秋臣は手で制し、首を僅かに傾けて続けた。

「来年……聞かせて頂きます。参加されるのでしょう？」

「そのつもりです。またメンバー集めからですが……」

「山城君に伝言をお願いできますか？」

明日の朝一番、学校で今後の処分についての話し合いがもたれるということで、貴音は試合後、早々にバスに飛び乗って帰った。

「はい」

「来年も出て貰わなければ困ると」

夏に見事に溶け込む、爽やかな笑顔だった。

貴音の処分が出たのはその翌日のことだった。一条先輩が全ての事情を話したことで、何故喧嘩に発展したのかは明らかになった。プレハブを荒らした先輩たちには停学処分、反省して名乗り出た一条先輩はそれよりも軽い謹慎処分だが、夏休み中に受けるつもりだったAO入試は辞退することとなった。一条先輩は一般入試に切り替え、変わらずに女優の夢を追いかけるらしい。

貴音に関しては怒るのはもっともながら、殴ったことは事実、情状酌量により一週間の謹慎処分となったが、すでにそれ以上の謹慎期間を過ごしていたので、実質的には何もなかった。花いけバトルに駆け付けたことも不問となった。これは義一の影響も大きかったのかもしれない。

「貴音に行けといったのは私です。高校も出ておらず、学の無い親の戯言でした。申し訳ありません」

義一は校長や先生たちの前で土下座し、皆で立たせようとする一幕もあったらしい。

「今日の授業はここまで」

篠田先生が告げると同時にチャイムが鳴り響く。貴音のアドバイスのお蔭か、例の癖は最近ではすっかり出なくなっている。

「春乃ー、お腹減った。食べよう」

渚はすぐにお弁当を持って横に来た。花いけバトル決勝戦の結果が出て袖に入ると、渚は春乃と貴音の両方に手を回して抱きしめ、わんわんと声を上げて号泣していた。二人の花いけに感動したこと。そしてもう二度とこれが見られないのが哀しい。渚は涙しながら繰り返し言っていた。

今日の渚はあの日のしおらしさは微塵もなく、弁当、弁当と可愛らしく連呼している。

春乃も弁当を出そうと鞄を開けると、スマホに通知が来ていることに気が付いた。

「あ……」

「何？　貴音君？」

「うん」

同じスタンプが三つ。猫の侍のスタンプ。あまり流行っているとは思えないが、春乃の周囲で母と貴音、二人がこれをよく送ってくる。

「何て？」

「謎」

——奇襲ニャでござる！

猫侍が刀を振りかぶって走っている。意味がわからないし、語呂が超絶悪い。

「先輩ー！」

「あ、美優ちゃん。どうしたの？」

先月、華道同好会に入ってくれた後輩だ。大会の後、地元のローカルテレビやタウン誌で「ハルノオト」の活躍が取り上げられ、学校の校内新聞でも紹介された。それを見て私もやってみたいと入会してくれたのだ。

「私のクラスに服部君って子がいるんですけど、今日の放課後、是非体験入会してみたいといってくれました！」

「本当!?　やった！」

春乃は思わず勢いよく立ち上がってしまった。

「それでプレハブの掃除をしたほうがいいかなと思って、鍵を貸して貰おうと……」

「そうだね。でも一切、花が無いから体験って言っても……」

「そうですよね。どうしましょう」

「うーん。まずは掃除して考えようか。渚、ごめん」

春乃は両手をぱちんと合わせて片目を瞑(つむ)った。

「はいはーい。先食べとくよー」

渚は軽快に返して弁当箱の蓋を開けた。

プレハブの鍵を開けて美優と掃除を始める。別に特段汚れているという訳ではないのだが、最高の状態で迎えたいという思いがある。

「先輩、花どうしましょう?」

「うーん……放課後、急いでフラワーレイに訊(き)きに行ってみようか」

学校近くの花屋フラワーレイのご夫婦は、ハルノオトの活躍を殊(こと)の外(ほか)喜んでくれ、困った時はいつでも声を掛けてくれと言ってくれている。

「服部君って華道の経験者なの?」

今日、体験しに来る子のことが気になり春乃は訊いた。

「中学校の時は野球をやっていたらしいんですけど、怪我(けが)で続けられなくなったみたいで、何かしたいなと思っていたようです」

「そうなんだ。新聞読んでくれたのかな?」

「何か勧(すす)められたらしいですよ」

美優はチリトリに埃を掃き込みながら言った。

「へー……誰に？」

「あ、それは聞かなかったな」

「でも知られてきてるってことだよね」

春乃は口元を綻ばせながら、雑巾で花器の埃を拭った。すぐ横の棚にトロフィーと賞状、一枚の写真が飾ってある。もう二か月も経ったのだ。春乃はそっと目を瞑った。会場の熱気がありありと蘇ってくる。そして誰よりも生き生きと花をいける貴音の姿も。

その時、春乃は近づいて来る足音を聞いた。小走りでこちらに誰かやって来る。春乃がはっと目を開いた瞬間、プレハブの扉が勢いよく開いた。

「貴音！」

「探したぞ！」

貴音は両手一杯に花を抱えている。貴音は転校を取り止めた。大会の後、義一が貴音に話をしたらしい。演劇はこれから何十年も出来る。今しか出来ないことをお前にはやって欲しい。そう熱弁を揮ったのだ。

貴音も実は同じことを思っていたらしいが、人手不足の山城座を慮り苦悶していた。そのような時に義一が切り出したことで、貴音は残り一年半の高校生活を、この宮戸川高校で過ごすことを決めた。

陽介を始め山城座の皆も快く、むしろそうすべきだと貴音に勧めてくれたと聞いている。

山城座は現在、関西を拠点に公演を行っており、百合姉が東京に残り、貴音の面倒を見てくれている。百合姉の穴は木津が頑張って埋めてくれているそうだ。さらに義一は方々の知り合いの劇団に、一年間だけ人手を貸して欲しいとお願いしてくれたらしい。

こうして貴音は華道同好会の正式なメンバーになった。

「鍵貫いにいこうと思ったのに、教室にいねえし」

「美優に体験の子が来るって聞いたから、掃除をしてたの。ていうか、その花……」

「そうそう。だから朝、フラワーレイのご主人に売り物にならない花を頂いてきた」

「何で、体験の子が来るって知ってるの？」

「あー、それ誘ったの俺(おれ)だし」

「えっ……いつ⁉」

「昨日、一人で帰ってたから声掛けた」

下校中に何気なく声を掛け、そのまま話しながら一緒に歩いたという。人見知り、物怖(ものお)じと無縁の性格は相変わらずだ。

「何て誘ったの？」

「なんか野球出来なくなって、ぽっかり穴が空いたって言ってたからさ」

「それにしても急ね」

「また今度とか言うから、いいから来い。じゃあ、明日なってて」

「それ脅(おど)しじゃない？」

春乃は未だ見ぬ服部に申し訳なく、苦笑してしまった。

「でも服部君、嬉しそうでしたよ」

「だろ？　大丈夫だって」

美優が言うと、貴音はへらへら笑った。

「服部君が入ってくれたら……」

「いよいよ華道部だね」

四人以上の会員がいれば、同好会から部へ昇格出来る規定になっているのだ。

「絶対、入れようぜ」

「ですね」

「無理やりは駄目だからね」

貴音と美優は二人で盛り上がり、春乃はたしなめつつも期待に胸を膨らませた。

「賞状とトロフィー、これ見よがしに真ん中の机に置いとこう」

貴音はからりと笑い、棚から運んで来た。

「あからさまね」

「いいんだよ。バケツに水汲もうぜ。俺二つ。春乃と美優は一つずつ」

「オーケーです」

貴音は金バケツを両手に持って外に出て、美優もそれに続く。近くにバケツが無く、春乃は奥に置いてあるものを取った。プレハブの扉の前まで来た時、ふと振り返った。半年前まではこのプレハブに一人であった。広く、冷たい空間だったが、今は全くそう感じない。貴音が机の上に置いたトロフィーと賞状に目をやった。

――宮戸川高校「ハルノオト」準優勝。

春乃は棚のところまで行くと写真立てを取って、トロフィーの横に置いた。写真の中の二人は観客に背を向けている。丁度、点数がモニターに映し出されたところである。

――「ハルノオト」338点。「華風」362点。

貴音は4点差で秋臣を下したが、春乃がつけられた差を覆すことは出来なかった。点数発表後の貴音の第一声は、

「悪い。負けた」

と、悔しげなものだった。春乃は言葉が何も出て来ず、また泣き出しそうになるのを必死に耐え、何度も首を振ることしか出来なかった。

ハルノオトは来年の全国大会での優勝を目指している。花は人の思い出にそっと寄り添っている。亡くなった花屋のお祖父ちゃんの言葉が頭に過った。春乃にとって花は思い出に寄り添うだけでなく、奇跡のような出逢いをもたらし、輝く明日を見せてくれるものになっている。

「春乃――!」

「はーい。今行く!」

入口から心地よい風が吹き込んでくる。この季節も彩られたものになるのだろうか。そ

のようなことを考えながら貴音が持って来てくれた花を見つめ、心の中でありがとうと呟(つぶや)くと、春乃はプレハブから大きく一歩を踏み出した。

本書は二〇一八年十月に文響社より刊行されたものです。
この物語はフィクションであり、
実際の大会とは異なる部分があることをご了承ください。

ハルキ文庫

ひゃっか!

著者 今村翔吾（いまむらしょうご）

2023年 10月18日第一刷発行

発行者 角川春樹

発行所 株式会社角川春樹事務所
〒102-0074 東京都千代田区九段南2-1-30 イタリア文化会館

電話 03(3263)5247(編集)
03(3263)5881(営業)

印刷・製本 中央精版印刷株式会社

フォーマット・デザイン 芦澤泰偉
表紙イラストレーション 門坂 流

ISBN978-4-7584-4595-5 C0193 ©2023 Imamura Shogo Printed in Japan
http://www.kadokawaharuki.co.jp/[営業]
fanmail@kadokawaharuki.co.jp[編集]　ご意見・ご感想をお寄せください。

今村翔吾の本

童の神

平安時代「童」と呼ばれる者たちがいた。彼らは鬼、土蜘蛛(つちぐも)、滝夜叉(たきやしゃ)、山姥(やまんば)……などの恐ろしげな名で呼ばれ、京人(みやこびと)から蔑まれていた。一方、安倍晴明が空前絶後の凶事と断じた日食の最中に、越後で生まれた桜暁丸(おうぎまる)は、父と故郷を奪った京人に復讐を誓っていた。様々な出逢いを経て桜暁丸は、童たちと共に朝廷軍に決死の戦いを挑むが——。皆が手をたずさえて生きられる世を熱望し、散っていった者たちへの、祈りの詩(うた)。第10回角川春樹小説賞受賞作&第160回直木賞候補作。多くのメディアで絶賛された今村歴史小説の原点。